招かざる客

現世《うつしよ》怪談《かいだん》

木原浩勝

Hirokatsu Kihara

講談社

現世《うつしよ》怪談

招かざる客

目次

幻痛 7
チンドン屋 16
墓泥棒 26
おまじない 39
招かざる客 53
引換 58
悪戯 65
殴り込み 72
鳥居 82

ノック……97
ドンコ……103
家庭教師……111
お誕生日会……126
帰ってこないで……133
知らせ……143
指輪……151
相談……157
再婚……166
六甲……177
カセットテープ……188
修行……196

装幀　坂野公一＋吉田友美（welle design）
カバー写真　Adobe Stock
協力　廣中タマ恵（T2メディアアパル）

現《うつし》世《よ》怪談

招かざる客

幻痛《げんつう》

私は十歳の頃……、潰れた大きな金属加工工場、いわゆる廃工場でよく遊んでいました。特に、雨などが降る日は外で遊べませんから、この廃工場は私達に限らずいろんな子供のたまり場になっていたんです。

広い工場内は屋根がついていましたし、その屋根の半分くらいは透明アクリルが使われていましたから、屋内だというのに、雨の日でもとても明るくて、遊び場としては理想的な場所でした。

金属を扱う工場だったので床は分厚いコンクリート。安全のためにその床のあちこちには黄色いペンキで停止線が引いてあったりしたので、女の子達でさえバドミントンやバレーボールをしにきていたんです。

天井からぶら下がった太い鎖のチェーンブロック。重くて運び出せなかったのか部品が外されて残された様々な工作機械……。

どれもこれも格好良くて、私達男には宝の山のようないい遊び場でした。


雨がザーザーと降っていたある日のことです。

いつものように私は兄とその友人達と一緒にこの工場で遊んでいました。

何度もここで遊んでいたために、危ないものや場所は全部知っていると思い込んでいたことが油断に繋《つな》がったんですね。

たまたま私が薄い金属を切断するための裁断機に手を置いた時です。

それに気付かなかった兄が、うっかりレバーを押してしまい、一瞬で私の左手の小指と薬指……、二本の指が切り落とされました。

金属切断用の裁断機でしたが、音も無く、指の先の向こうに黒い板がスッと降りてきたかと思うと、上に戻っただけ。

たったこれだけ……この一瞬で、紙を切ったかのように私の二本の指が手から離れたんです……。

…………。

指が切れた瞬間に痛みはありませんでした。あれ？　無い……と思って手を見た時に血がどっと吹き出して、そこへ遅れた痛みがやって来たんです。

ギャ――――ッ！

自分の体のどこから出たんだろう……ってくらいの凄《すさ》まじい絶叫が広い工場全体に響き渡りました。

その後は、ただもう痛い！　痛い！　とコンクリートの床を転がり回って泣き叫ぶことしか出来ません。

指が切断された左手を握りしめながらコンクリートの上をゴロゴロと転がる私の姿を見て、ようやく兄やその友達は何が起こったのかを理解したようでした。

うっわぁ!!　大丈夫か!?　しっかりしろ！

などと言われたと思うのですが、私は転がりながらただ痛いと叫んでいるだけ。

痛みを押さえるためか本能的に血を止めようとしているのか力の全てを右手に集めて、左手を握りしめたまま。

目はただ強く強く固く固く閉じていましたから、少しでも痛みを押さえ込もうとしていたんでしょうね……。

そこから先のことはよく覚えていませんが、兄達に担がれるようにして家へ、家から救急車で病院へと運ばれたみたいでした。

兄はその間中ずっと、なんとか切れた指が繋がるようにと私の指を持っていてくれたそうです。


そのお陰といっては何ですが、なんとか見かけの上では、指を繋げる事は出来ました。

ただ神経は切れていたので、もう動かす事も出来ず、感じる力も失ってしまったのです。


それからおよそ三十五年……四十五歳を超えたあたりから、不思議な事が起こり始めました。

時々、ほんの短い時間ですけど、手術で繋いだだけの左手の二本の指先がズキズキと痛み出したんです。


繋ぎ合わせた部分が雨の日や季節の変わり目などにうずくのとは全く違う痛み。

神経が繋がっていないので感じるはずのない指先からの痛み……。

不思議というか願いというか、痛みを感じたからといって、他の感覚はないんです。

ですのでズキズキと痛んだ時だけは、まるで指が繋がっているかのように思えました。

医者に診《み》てもらったところ、不安から来る幻痛《げんつう》のようなものではないか？　と言われました。

本当は感じるはずのない、幻の痛みです。

ある晩。

左手の二本の指から、凄《すご》い痛みを感じて目が覚めました。

痛い！

と叫んでベッドから起き上がると、シクシクと子供の泣きじゃくる声がするんです。

……え？　まさか！

よく見ると私の部屋の中に本当に子供がいるんです。それも、子供時代の兄としか思えない子が！

もう、見れば見るほど小さい頃の兄にそっくりなんです……。

部屋は暗いというのに、兄だけがはっきりと明るく見えました。

まるで、舞台のスポットライトが兄にだけ当たっているみたいに……他の何もかもが暗いというのに……。

兄ちゃん？　……。

シクシクと泣きじゃくりながら、兄は左手の袖《そで》で顔の涙を何度も拭《ぬぐ》っています。

そのうちダランと下がった右手に目が行きました。その握り拳《こぶし》の真ん中に赤い二つの点……切り口だ!!　……なんと私の切れた二本の指を手にしているんです。

えっ!!

呆然《ぼうぜん》としていましたが、やっと我に返った私は、
兄ちゃん！

と昔のように声をかけました。

すると兄は、私に気がついたのか泣き声に混じって、

「ごめんな、ごめんな、ごめんな……」

そう何度も繰り返しながらゆっくりと消えていなくなりました。

……何だ今のは？　……あれ!?

再び部屋が真っ暗になると、いつの間にか私の指先の痛みも共に消えて無くなっていたんです。

その後の私は大混乱です。

何より兄はまだ健在です。それにもう随分《ずいぶん》昔のことなのに、どうして今頃になって子供の姿で現れたのか、さっぱり意味がわかりません。

これも医者から言われた幻痛の一種なんだろうか？　そう思うしかありませんでした。

ところがこれをきっかけに、二、三ヵ月に一度くらいの割合で、子供時代の兄が現れるようになったんです。

現れ方はいつも同じでした。私が指先の痛みで目を覚ますと、泣きじゃくっている子供の頃

の兄が立っていました。

起きると、兄はいつもシクシク泣いているのに、その泣き声で目が覚めたことは一度もありません。

いったい俺の精神はどうなったんだ……。

痛みは医者に相談できても、子供時代の兄の相談は人にしづらい……いえ、わかってもらえるように話す自信がありません。

もちろん兄本人に自覚があるとは思えませんから訊《き》きにくい。

さりとて不思議ではあっても、お化けの類《たぐ》いなどと思いたくはなかったので、神社やお寺へ話しに行くのも嫌でした。

どうしたもんだか？

やがて……いえ、兄弟だからでしょうね……。一定期間を過ぎると、現れる頃が何となくわかるようになってきました。


今晩あたり来るのでは？　などと思っていた夜のことでした。

痛い！

と目が覚めると、そこにはいつものシクシクと泣きじゃくる兄が立っています。

もしかして……。

これは私や現在の兄が抱えている心の問題ではなく、目の前の小さい頃の兄が抱えている問題かもしれないと閃《ひらめ》いたんです。

心に引きずっているとしたら……指……だよな。指……。

思いあまった私は、布団から右手を見せて、グッ、パッ、グッ、パッを繰り返すと、
兄ちゃん、大丈夫だよ。ほら見て！

と声をかけたんです。

………。

その途端《とたん》にすすり泣きがピタリと止まりました。

兄は顔を拭っていた袖を下ろすと、私の自由に動く右手を見つめながらスッと消えたのです。


これを最後に、子供の頃の兄が現れる事はなくなりました。

ですが終わった……という気がしません。

だって結局なんだったんだよ⁉　という思いが残っていましたから。

それで当の兄に打ち明けてみようと思いました。

ひょっとしたら、兄は私が思ってもいない指のことをまだ気に掛けながら生きているのかも

しれないからです。

よし決めた！　もう終わったことなんだ！　と思い切って全てを話しました。

全てを聞いた兄は、
バカかお前は！　そんなのは全部夢幻《ユメマボロシ》だ！　子供の頃の俺が出てくるわけがあるかっ！

そりゃあの時は悪かったと思ったけど、いつまでもそんな後悔を抱えているわけないだろ！

そう言って豪快に笑い飛ばすと急に真顔になり、私の左手の一度は切れた指をパッと握ったんです。

あの時は本当にごめんな。兄ちゃんが悪かった。

……………。

神経の通じていない指先に、兄の手の温かさを感じたような気がしました。

結局兄の言う通りでした……気にしていたのは私だったんですね。

だって幻痛がなくなりましたから。

チンドン屋

昭和《しょうわ》四十年代、私が十歳くらいの事です。

近所にチンドン屋のEさんというおじさんが住んでいましてね。ご存知ですか？　チンドン屋さんって。

上下に二つの太鼓、更にその上に鉦《かね》がついてましてトントコトントコ、コンコンチキチンと賑《にぎ》やかに鳴らして歩く鳴り物の人や、ラッパやクラリネットを使った吹き物の人達が街の中を演奏しながら連なって宣伝して回るんですよ。

茶色いドーランをたっぷり塗ったお侍さんの格好をしたり、白いドーランを塗った町娘の格好をしたりしてね。

とっても派手で賑やかで、子供の私には凄く楽しそうな仕事に映りました。

演奏しながら連なっているところしか見たことがないかと思いますが、人が取り囲むように集まっている中での宣伝口上やビラを配る姿が格好良くてね、最初に大声で、とざい、とーざーい！

と叫びあげるんです。

だからチンドン屋さんの中には、
わしらはチンドン屋やない。日本全国に轟《とどろ》かせる仕事やねんから、東西屋《とうざいや》って言うんやで！

なーんて、誇らしげに語るおじさんもいました。

これが子供の私にとって、憧れの職業になったんです。

街中で見つける度《たび》にずっと後を付いて回りました。

あんまり付いて行くので、やがてこの人達にも覚えて貰《もら》えるようになり、その中で一番私を可愛《かわい》がってくれたのがEさんだったのです。

そのEさんは、特に私の憧れだった鉦と太鼓の名手でしてね、いっつも仲間を引き連れて先頭を歩いては、綺麗《きれい》な声を上げて……もう、ほれぼれしながら見ていました。

さぁ、いらはいー。いらはいー。

鉦や太鼓を鳴らして、これがまた跳ねるように軽快に歩くんです。

だからといって若い……って感じじゃありません。

年を想像しようにもその顔はドーランのせいで、年齢不詳としか言いようがありませんでしたから……でもそこがまた歌舞伎役者のように凜々《りり》しく見えましてね。

可愛がってもらったきっかけ？　あぁそれでしたら簡単な話です、我慢できなくなって直訴したんですよ。

僕を弟子にして下さい！　日本一のチンドン屋になってEさんの後を継ぎたいんや！　と。

商売上作っている顔なのか、本気で喜んでくれたのか、Eさんはニコニコと笑いながら頭をグシャグシャかき回すように撫《な》でてくれました。

嬉《うれ》しかったですね……忘れられないです……あの時、頭に残った感触……。

ボン、なんでそんなにこの商売がええんや？

最初のうちはいくら声をかけても返答をしてくれなかったのに……、Eさんのようになりたいと弟子入り志願した事が嬉しかったんでしょうねぇ、私は投げかけられたその言葉に、思う存分これまでの憧れの気持ちを喋《しゃべ》りまくったんです。

それほど私にとってEさんは花形スターだったんですよ。

それを子供の戯言《ざれごと》と取らずにちゃんと聞いてくれました。

嬉しい事言うてくれるな！　その気持ちはほんまか？　ほんまやったらずっとわしらの事、応援してくれ。ず――っと応援しながら後を付いて来てくれたり声をかけてくれたら、おっちゃんもずっとボンを信じたる。その言葉が嘘《うそ》やないと思たる。でもな、言葉だけではこの商売出来へん。楽しそに見えるけど、ごっつい辛《つら》いねんで？　……そうか、そない言うてもわからへんか……。

そう言うとEさんは立ち上がって両肩を動かすと、胸から太鼓を外しはじめました。

布を太く編み込んで作った背負紐《しょいひも》、二つの太鼓と鉦を固定した太い木の枠……私の憧れの道具です。

何をしてくれるんだろう？　と思った時でした。

ボン、これ、ちょっと持ってみ？

えっ‼　ほんまに⁉

嬉しかったですねぇ、一度も触ったことが無いのに、いきなり持たせてくれたんですよ？

しかし……結果がわかっていたんでしょうね、その手を離す事なく、ほとんどEさんが持ち抱えたまま私の胸に付けて紐を肩に通してくれたんですから。

それでもあまりの重たさに私はよろめきました。

Eさんがまだ手を離しきっていないにも拘《かか》わらず、前につんのめりそうになったんです。

八キロとか十キロとかありました。あの時手を離されていたら、私はその太鼓の重さで前に転んでいたと思います。

私のよろめく姿を見てEさんも周りの人達も大笑い。

どうや？　重いやろ？　こんな重い物を持ってわしらは商いをしているんや。商売繁盛を助《す》ける商いやで！　それをわしみたいにやりたいんやったら、もっと大きゅうなってごっつい体を作らなあかん。足腰も鍛えないかんし、根性もいる。続けるのは大変なんやで。せやからボンの根性を試したる。

そう言ってくれたんです。

ほんまやで!!　絶対約束やで!!　忘れんといてや!!

と何度も念を押しました。

これがきっかけ。それからは、毎週末になるとチンドン屋探しです。

基本的に土日が稼ぎ時の商売でしたから、商店街やパチンコ屋さんを中心に探したんです。

自分の町で見つからなかったら、隣の町にまで自転車で出かけて行って……。

もちろん見つけたら後を付いて回ったんですよ。約束ですから。

……やがて警察の規則がうるさくなったり、車も増えて道路が混雑したり……いろいろあったんでしょう。当時はわかりませんでしたが……。

その姿を、なかなか見かけなくなりました。

Eさんに会いたい……。

私の近所のアパートに住んでいるらしい……ということは話に聞いて知ってはいたのに、素顔を知りませんでしたから探しようもない。

出会うまでの間隔が長くなっていくと、だんだん心も遠ざかっていくのか、一緒に付いて歩き難《にく》く、声も掛け難くなったんです。

そのうち、憧れの気持ちはあるのに、出会っても遠巻きにただ眺めているだけになりました。

ある日のこと、商店街で新規店舗のオープンか何かがあったと思います。

軽快な音楽と共にお店の名前だとか、さぁ！　いらはい！　いらはい！　だとか言いながら演奏して歩くチンドン屋の姿を久しぶりに見たんです。

あ、これはチャンスだと思いました。

私との約束をちゃんとEさんが覚えてくれているかどうか確かめたくなったんです。

ところがその列の中にEさんがいません。

あれ？　どないしたんやろ？

訊いてみようにもチンドン屋さんは仕事中ですから、答えてくれるはずなどないのがわかってます。仕方なく休憩をとるまで我慢しようとその列の後をずっと付いて回りました。

演奏が終わって、よしここらで一休みや、という声を耳にした時です。

こんにちは、あの、Eおじさん、いますか？　ずっと見てたんですけど、いないですよね？

病気かなんかですか？　よそに仕事に行ってるんですか？

恐る恐る訊《たず》ねてみると、みなさんまだ私の事を覚えていてくれました。

あぁ弟子入り志願のボンやんか。久しぶりやな。今日も付いて来てくれたんか。

ですが、その嬉しそうな言葉と裏腹に目を伏せて顔つきが沈んでいるんです。

どうしたんですか？　……。

クラリネットのおじさんが、どけどけ、わしが話す。

と割り込んで来ました。

あのな、ボン。悪い。Eおじさん、亡くなったんや。そやから約束が果たせるかどうかわからへん。

………。

他に続きの言葉があったように思うのですが、この話の途中で私は逃げるようにその場を離れて行ったんです。

大きな声で、嘘やったんかい！　と叫んで。

いやもう、泣いて泣いて家に帰り着きました。

それほどショックだったんですよ、遠巻きに見ていた自分の事は棚に上げて、おまけに何年も夢見たわけでもないのにね。勝手なもんです。でもその時はこう、何か夢や道を断たれたとしか思えなかったんです。

おっちゃんは嘘つきや。おっちゃんは嘘つきや。

そうブツブツ言いながら家に帰りました。

家はほとんど一間《ひとま》みたいなものでしたから、親にはさぞ奇妙に映ったでしょうね。

喧嘩《けんか》して泣かされて帰って来たにしてはえらくまた、長い間メソメソしてる……みたいな。


その夜、寝ていた時のことです。

「ボン。ボン。起きてくれ」

と声をかけられて目が覚めました。

誰やねん……人が寝てんのに……。

布団から起き上がると、枕元に時代劇に出てくる町娘が正座をしているんです。

だけど一体誰で、何しに家に来たのかがわかりませんでした。

外でならともかく、家の中でしたからね……。

そこにドーランの匂いが鼻を突いたんです。

ハッとしました。

Eおじさんや。死んだと聞いたけど、嘘やったんや！　目の前におるやん！

そう思った私はおじさんに向かって正座したんです。

師匠が訪ねて来た、という気持ちに体が勝手に反応したんでしょうね。

その時でした。

ドーランで真っ白な顔が、深々と頭を下げたんです。

おじさん？　どないしたんですか？　やめてください。

子供ながらに師匠に頭を下げられたくなかったんです。

それでもEおじさんは頭を上げてくれません。

え？　なんで頭を下げるんです？

もう一度声を掛けた時でした。

「ボン。悪かった。ワシな、今日まで約束忘れとった。堪忍や。ボンが大きゅうなっても、まだチンドン屋やりたい言うんやったら、先行って向こうで待ってるさかい。そこでまたやろ」

そして平伏したまま消えていなくなったかと思うと、

「おほほほほ」

と町娘を真似た高笑いが部屋に響いたんです。

その声で、横に寝ていた両親が突然起き上がり、何じゃっ!?　今の気色の悪い笑い声!?　と言いながら電気を点《つ》けたんです。

もちろん部屋には家族三人以外誰もいません。

ただ私が涙を浮かべて正座していた……それだけのことです。


朝になってから気がついたことがあります。

布団の頭はぴったりと押し入れの襖《ふすま》にくっ付いていましたから、Ｅおじさんが平伏出来る場所なんて無かったんです……。

うっ……寒《さ》ぶ。思い返した今の方が怖いな。


そうそうチンドン屋になる夢。

結構諦《あきら》めが悪くて捨てきれなかったんですが、残念ながらチンドン屋さんの仕事が減ってしまって、やがてほとんど見かける事がなくなってしまいました。

歳をとった今では、死んであっちの世界に行った時、Ｅおじさんにもう一回弟子入りし直して商売抜きの楽しいチンドン屋が出来たらいいなと思って、子供の時よりもこの夢が現実みを帯びているような気がします。

墓泥棒

現在六十二歳の私が中学生だった頃ですから、もう五十年も昔の話です。まだ早いと言われそうですが、それでもここまでの人生を振り返って、あんなことやるんじゃなかったと後悔するのはこの話以外にありません。

当時私の家は大きな墓地の近くにありまして、それで学校に行くにも友達の家に行くにも近道となったので、いつもこの敷地を通り抜けていました。

友人達からは気持ち悪くないのか？　とよく訊かれましたが、小さい時から墓地で遊んでましたから、私にとっては見慣れた光景でしかなかったんです。

ですので、墓の前に人が集まって墓入れ……というか骨納めに出合うのも、普通の人よりは珍しく感じてはいなかったと思います。

ある日のこと。

その骨納めをやっている真っ最中、邪魔にならないようにと、道筋を変えるか……と思いながら、その様子を見ていたところ、良い物を墓に納めているなぁ……という気がしたんです。多分、うやうやしく壺《つぼ》を納めているところが、大事な物や金目の物を隠しているかのように思えたんでしょうね。

あの壺の中は骨だけなんだろうか？　墓には壺以外何も入れないんだろうか？　……。おかしなもので、散々見慣れている光景のはずが、この思いつきで邪《よこしま》な心に火がついたんです。墓の中を覗《のぞ》いたら、何か良い物が入っているかもしれない、と……。

それから何日か待ち、雨の降りそうな曇り空の夕方に、私は墓地に行ったのです。

もちろん墓泥棒をするために……。

どんよりとした曇り空の日没後は夜も同然、墓には誰も来ませんからね。

それに全くの夜だと、懐中電灯が必要ですから、かえって人目についてしまいます。自分の家からだって懐中電灯を手にして外に出ると怪しまれますから、この天候と時間のタイミングを待ったのです。

いつもはただ通り抜けるだけですが、この日は違いました。

狙ってどこかの墓を暴くつもりでしたから……。

とはいえ、墓は何百基とあります。

さて……どの墓にしたもんか……？

墓地の真ん中あたりで、悩むというか考えているうちに……、気が落ち着いたからでしょうか、何かの声を耳にしたように感じたんです。

説明しにくいですが、人の口から発せられたような声ではないんです。

ただ、薄《うっす》らと呼ばれている感じがする……。

今にして思えば、何か欲の塊《かたまり》にでも呼ばれたと言えばいいんでしょうか。

「ここだ。ここだ」

そういう〝存在〟そのものが発した声が聞こえるんです。

どこからなんだ……。

フラフラと声のする方へ何となく歩いているうちに、ひとつの墓の前で足がピタリと止まりました。

ここから先を歩いても声は聞こえない……。この墓が呼んでいる……。

そう感じたんです。

ですが、やはり本当の音や声ではないんですね。最初に感じた時もこの墓の前にいる時も同じ音量に思えましたから。

まぁ、全てが初めてのことでしたから、その声が何であるかと考えるよりもとにかく感じたまま聞いたままに墓石をずらしてみました。

なんだこれ？

すると中に納めてある骨壺の横にビニール袋に入れられた新聞紙の包みを見つけたんです。

そりゃもう、すぐさま開けてみましたよ。

もうこの時点で、これは金だ、と何となくわかっていましたから。

新聞紙の中からは、大きめの茶封筒が三つ。それぞれに銀行の帯のついた一万円札の束が入っていました。

三百万!?

中学生にしては額が大きすぎです。

…………。

あまりの金額にしばし呆然となって動けなくなってしまいました。

墓の中に隠してあったお金です。どこの誰が盗んだのかわかるはずはありませんし、おそらく盗んでも騒がれる金ではない気もするし、ひょっとしたらこのまま隠され続けて誰も手をつけないまま放っておかれるかもしれない……。

などと思いましたが、盗むには額が大きすぎて気が重い。

いろんな考えが頭の中をグルグルと回って、どうしてもその場から動けません。

迷いに迷って最終的に私が出した答えは、一枚くらいなら抜いても大丈夫だろう、というものでした。

それでこの束の中から形を崩さないように真ん中あたりの一枚を摑《つか》んで抜き取ると、全てを元あったように戻したんです。

心臓が破裂するんじゃないかと思うくらい、バクバクバクバクバク音を立てて動いていました。


その夜はもう、大金発見の興奮と後悔……そして怖さで、眠れませんでした。

金目当てに盗みに入って本当に金を見つけても、実際は何も出来ないんだと気付いたんです。

だって、ある日突然羽振りのいい中学生が現れたら親でなくたって怪しいと思うでしょう。

怪しさからだけでも追及されたら最後はバレざるを得ないですよね？　そう考えるほどに怖さが湧いてきます。

これは使えないな……。

抜いた一万円は折ることなくピン札のまま机の引き出しの底に隠しましたが、結局また日を改めて返しに行こう、と決めました。

返すと決めるとスッキリしましたが、それから別の怖さがやってきたんです。

あの金の持ち主は誰なんだ？　金の出所は？　何をやって得られた金なのか？　……って。

それにここまでの話とは別に、ずっと引っかかるものがあって頭から拭いきれないでいました。

どうして自分はあのお金の入っている墓を一発で見つける事が出来たんだろう？　という謎がそのままでしたから。

墓地での声は何の声だったのか？　……。お金が喋った？　お金に呼ばれた？　でも、お金が喋るわけがない。きっとお金に込められた何かがあったんだ……と。

ひょっとして……。

お札《さつ》も束になると人の気持ちを吸い取ってお札《ふだ》のようになるんだと思えたんです。

隠された出所不明のお金ですから、悪い気の籠《こも》ったお札《ふだ》の束……それなら声を出しても当たり前。きっと持ってるだけで罰が当たる……返す決意がさらに固くなりました。


お墓にお金を戻したら、気持ちが晴れ晴れしました。

しかし勝手なものですね。

大人になって本当にお金に困った時にはあの墓を覗いて見ればいいんだ。まだそこにお金があれば、きっと使う気のないお金としてお墓に納めたものだから、拝借したって構わない……。

そう思えばこその晴れ晴れでした。

使う時のためにも高校生になったらすぐにアルバイトでお金を貯めて、羽振りが良くなっても誰からも怪しまれないようにすればいいんだ、などと目標まで立てた気分になれました。つまり僕には〝お墓銀行〟が出来たんだ、と思ったわけです。

それだけで金持ちになった気持ちになれましたから、とても愉快でした。


ところが、これが味をしめるという事なんですね。

この前は現金だったから何も出来なかったんだ。もっと何か別の物はないだろうか？

日増しにそう思うようになりました。

具体的に何が欲しいということはなかったんですが、あの一発で発見できたしびれるような感じが忘れられなかったんです。

中学生の私はバカでしたから……。

それで前と同じように、曇った日の夕方、私は墓地に出かけて行きました。

今度も墓地の真ん中に立って心を落ち着かせていると、全く前と同じお札《さつ》の呼ぶ声が聞こえるんです。

「ここだ。ここだ」

って。

怖いものですね……いや本当にその時、聞こえ続けるこの声は怖いと思いました。

「ここだ。ここだ」

違う！　これは札束の声だ。この声じゃない……。

その声を無視して目を閉じたままじっとしていると、瞼《まぶた》の向こうに一点の光を感じました。相変わらず声は頭の中に響いていますが、これは視覚的に見えたかのように思えたんです。目を開けて前を見ると、一つの墓石がビュンと目に入りました。

あそこだ！

沢山《たくさん》墓石が立っていて、普段だと重なった墓石でよくわからないはずのほんのわずかな隙間《すきま》から見えるその墓だけが、焼き付くように目に留まったんです。

よしとばかりにその一点へ向かって歩き出しましたが、墓地ですから辿《たど》り着くための真っすぐな道なんかありません。

右に曲がって、左に曲がって、まるで阿弥陀《あみだ》くじを引くかのように墓の間を通り抜けて、その墓石に辿り着きました。

……これだ。

実に不思議な気持ちでしたね。

大概《たいがい》は歩いている途中で、どこの場所のどの墓だっけ？　と見失いそうなものなんですが、一度定めたその墓に迷う事なく着いたんです。

いえ、着いた時にこの墓だ！　とわかったと言った方が正しいかも知れません。

現金の時は声でしたが、今度は瞼の向こうに見えた光る点。

きっと別の物に違いないと墓を開けてみたところ、同じように骨壺の横にビニール袋。しかもその中に、同じく新聞紙の包みが入ってました。

ですが今度は、形や大きさからいって現金でないことが一目でわかったんです。

手に取ると、細長く、中央部分が丸くて重い……。

新聞紙の中から出て来た物は、一本の腕時計でした。

ロレックスだ！

田舎《いなか》の中学生だって、ロレックスが高級ブランド腕時計だということは知っています。

もちろんそれと同時に、これはこの前の現金と違って、故人の遺品だろうな……くらいは考えつきました。

それでも使えない現金よりはいい宝物を見つけたと思って、時計をポケットに入れると、ビニール袋と新聞紙をそれらしく元通りにして墓の中へと戻したんです。

我がことながら、やっぱり中学生なんですよね……。

家に帰り着く頃になってやっと気がついたんです。

こんな凄い腕時計をつけて外を歩けるわけがない、と。

幾ら何でも中学生にロレックスはないでしょう。

しまった……これじゃお金と同じだ……。

ですので、私はまたも机の引き出しの底に仕舞うと、盗んでおきながら勝手な想像を始めるわけです。

このロレックスの似合う大人になるんだ……と。

そしていつの間にか眠りについたのです。


部屋の中で男の声がしたような気がして目が覚めました。

当時私は、オレンジ色の豆球を点けて寝ていましたから、目が覚めても部屋中がすぐに見渡せたんですが、もちろん誰もいません。

枕元の目覚まし時計を見ると三時四十六分。

秒針がピッタリと12の所に重なった時でした。

「無い……無い……無い……」

何か声が聞こえたような気がしたけど、夢か……。まるで探し物をしているかのような男の声だったけど……。

「無い……無い……無い……」

……声だ。……でもどこからだ？

姿が見えれば泥棒だとすぐに思ったでしょうが、声はするのに誰もいません。

「無い……無い……無い……」

たぶん私は目が覚めてはいましたが、まだボンヤリしていたんでしょう。男のその小さい声に何も考えないまま、声を掛けたんです。

無いって何が？

「時計だよ！」

ひっ!!

怒鳴《どな》るような、気迫のこもった小さな声。

電気みたいなものが体中に走って、身が縮み上がりました。

それと同時に、掛け布団が足元からバッとめくられて、その角っこが自分の顔のすぐ側《そば》にバサッと落ちたんです。

丁度《ちょうど》布団が三角形に折り畳まれたといえばいいでしょうか。

体の半分に冷たい空気が触れた時、またもや男の声が聞こえたんです。

「無い……無い……無い……」

体は縮み上がったままですからどうにも出来ません。

しかし、ありがたいことにこの男の声は同じ言葉を繰り返しながら消えて行ったんです。

……よ、よかった。

全く何も聞こえなくなって、やっと私は我に返りました。

今の、ロレックスの持ち主だよな……。

起き上がって電気を点けてみると、部屋中の何もかもがちょっとずつ動かされていて、探しては止《や》め、探しては止めを繰り返したとしか思えない痕跡《こんせき》を残していました。

ロレックスを隠してあった引き出しもほんの少し開いていましたから、その気になれば見つけられたはずなんです。

全部を開けて、上に載っている学校からのプリントやら何やらをどければ、よかったわけですから。

本当の人間が探しまわっていたら、きっとこんな中途半端な探し方はしません。

あぁこれは、返せ、というメッセージなんだと気がついた途端に、私の体中から汗がどっと吹き出しました。

その時にやっと、下手をしたら殺されていたかも、と体が反応したんでしょうね。

その後？　眠れませんよ！

直感で思ったんです。

眠ったらまた、あの男がやってくる。

と。

ラジオを点けて東の空が明るくなるまで過ごしました。

私は懐中電灯を取り出し、母親が起きる前に済ませようと時計をポケットに仕舞い込んで、元の墓へと返しに行ったんです。


この二回でやっと、墓泥棒はこりごりだと思うことが出来ました。


えっ？　〃お墓銀行〃の場所ですか？

嫌だな、何のために私は出身地すら話してないと思ってるんですか？

内緒ですよ、内緒。

神社のお札《ふだ》は魔除《まよ》け、あのお札《さつ》の束は魔寄せ。チラッとでも話したらお墓へ魔に憑かれた人が寄って来ちゃうじゃないですか、うじゃうじゃと。

おまじない

私の嫁がね、ある日、一冊の本を買って来たんです。なんでも本屋でたまたま立ち読みしてたら、その一話目がまるであんたの子供の頃みたいよ、とか言って。

それが木原《きはら》さんの書かれた『禁忌楼《きんきろう》』の「眼」って話でした。手の付けられない乱暴者の主人公がおまじないを掛けられて更生する話……。他の人がどう読んだかはわかりませんが、いやぁ私には怖かった……。この怖さは同じような経験をした者にしかわからないところがあると思うんですよ。それは嫁の反応を見ていて感じました。

私が生まれ育った場所は海に面した、そこそこ大きな村で、半農半漁で成り立っているような土地でした。

八〇年代バブル景気の時です。様々な需要が高まったお陰で親父が勤めていた村の食品加工工場が規模を大きくしていったんです。

この時、どういう人事からか親父が工場長になりました。

大変なもんですね、規模に合わせて雇用もどんどん増えていくと、親父の立場のお陰で村の人達のうちの家族を見る目や態度が一変したんです。

実は私は小さい頃から随分とまぁいじめられてきました。

農家でもなく、漁師をやっているわけでもなかったので、どちら側の仲間にも入れてもらえず……いじめやすかったんでしょう。

力の強い者は弱い者をいじめて遊んだりうっぷんを晴らしたりすることが出来ますが、いじめられる弱い者にはそれをぶつける場所がありません。

もちろん自分より年下の弱い子はいましたが、手を出そうもんなら兄貴や親分を気取っている年上からすぐに仕返しをくらってしまいます。

ですから、ほとんどいつも独りぼっち。

そして、私のような弱い奴のうっぷん晴らしの対象にされるのは、いつも小さな虫や生き物になるわけです。

魚や虫を捕まえては、片っ端から遊びで殺していく……。とにかく、一人で過ごしていて楽しめるものが他には無かったから当然のことだと思っていました。

今の若い子にはわからないでしょうけど、昔はそこら中に生き物がいくらでもいましたから、いわば小さな……命は安かったんです。

それが小学校五年生の時くらいでしたか、先ほどお話したように親父が工場長になりました。大人の人間関係は子供にも及ぶんだとやがて知ることになります。ともかくそれまであった年齢の上下、立場の関係性が私に関してはいっぺんになくなって、上級生の手の及ばない人間になりましたから。

私に関してだけ……って特別なところが怖いですよね。

だからといえばいいのか、他人との空気というか態度が空々《そらぞら》しいものに変わっていったと感じました。

これまで、こんなところにいやがって！　という目つきをした連中がことごとくその目を逸《そ》らすようになったんです。

当時は状況の変化はわかっても理屈などはわかりませんから、ここから私の勘違いが始まります。

自分が、なにかこう……強いとか偉いとかになったように思い込んでしまったんです。

いじめというのは不思議なもので、決め事のように申し送りをしたり引き継いだりするものではないはずなんですが、自分がされた事は下の者に向けてやっても構わないと思うもんなんですよ。

……だから連鎖するんでしょうね。

とにかく私はこれまで溜まったうっぷんが大きかったので、今度は俺の番だと言わんばかりに下の者をいじめ出しました。

あまり沢山喋るのはちょっと自分が辛いのでかいつまんでお話しますが、例えば山の中に不法投棄された大きなトラックのタイヤを見つけましてね。このタイヤを集めたチビ共を使って斜面の上に運ばせるんですよ。

えっ？　どうするのか？

その中に誰か一人選んで体を半分突っ込ませて、そこから下に向けて転がすんです。

とはいえ怪我《けが》をされては一大事ですから、すぐ下にある池に向かって転がすんですよ。

タイヤごとゴロゴロ転がって池の中にザブン。

池に落ちてアップアップしているチビには木の枝を括《くく》り付けた命綱を放り投げて助けてやります。

やっとの思いで池から上がってくると、今度はその目の前で命の恩人を気取るわけですから、いやはや、酷《ひど》い遊びを考え出したものです……。

この遊びに限ったわけではありませんが、骨折させてしまった子供など、五、六人ではきかなかったんじゃないでしょうか……。

しかしそれでも親達が介入してくることはありませんでした。

チビ達が親達に話さなかったのか、話されても親達は何もしなかったのか、今となってはよくわかりませんが……。

私の悪さが決定的となったのは火薬遊びでした。

爆竹をバラして火薬を取り出すと、新聞紙に巻き直して少し大きめの爆竹を作るんです。私は〝ダイナマイト作り〟と呼んでました。

この爆竹の導火線に火を付けて斜めに設置した鉄パイプの中に落とし込むと、そこへ爆竹より小さく細長いBB弾と呼ばれる火薬のおもちゃを弾丸として放り込むんです。

後に言われる〝鉄パイプ爆弾〟です。パイプの底で大きめの爆竹がボンッと破裂すると、その勢いでBB弾が発射される仕組みですから。

こんなモノが他人の家に向けて発射されたら当の家の人達はたまったもんじゃありません。

家のどこかでBB弾が突然パンッと音を立てて爆発する訳ですから。

当然怒った大人が急いで出てきます。だから口止めしたチビの一人だけを残して自分たちは逃げる……つまりそいつを人身御供《ひとみごくう》として差し出してやり過ごすわけです。

この遊びが何度目かの時、嘘か本当かボヤ騒ぎになったとうちの家に怒鳴り込んで来た人がいたからたまりません。これがキッカケになってそれまでの私の悪事が露見しました。

なまじっか立場があったからでしょうね……。親父からもう散々殴る蹴《け》るされて、うんとこ搾《しぼ》られました。ですが周りからいじめられて育った私には今度は親が自分をいじめにかかってきた……としか感じられませんでした。

私がこれまで周りから何をされていたのかは無関心だったくせに、自分の立場に傷が付くかもしれないとなったら理由も訊かず殴る蹴るですから、そう思うのは無理はないですよね？

腹を立てたのは私も同じです。親父に何をされようが謝りもしなければ頭も下げません。

…………。

そんな私に業《ごう》を煮やした、というよりずっと反抗的な目つきを崩さずにじっと睨《にら》み返す私が怖くなったんでしょう……。

それから二、三日ほど経った日曜日、両親に連れられて……外出したんです。

不思議な感じでした。

親父の、おい一緒に出かけるぞ、の一言で起こされた私は黙って行く気になりましたし、お袋も何も言わずに付いて来るし、三人揃《そろ》って口を利かず、ただ真ん中に私を挟み込むように両脇に座って電車に乗るし……。

当時両親と外出といえば間違いなくよそ行きの良い服を着せられましたが……普段着のままだったので余計《よけい》不思議としか思えませんでした。

その雰囲気からなのか私はずっと何も訊けませんでした。……いえ訊いたところで答えてはくれないだろうと思っていました。

ただ、楽しくない所だろうな、というのが何となくわかっていたように思います。

村から離れて山にでも連れて行かれるのかと思ったら、電車はどんどん街中へ……。

最終的に着いた所は古ぼけたアパートでした。

チャイムを押して、招き入れられると、そこには白髪頭のおじさんともおじいさんともいえないような男の人がいたのです。

子供心に、白髪の人といえばおじいさんだと思ってましたが、私を見つめるその目は鋭く、顔にも手にもシワが無くて肌がビックリするほどツヤツヤしていたので、その姿にちょっと怖い気がしました。

いったい何が何やら……。両親は何も言わないし……、その白髪頭の人も何も言わない……。

玄関から入ってすぐの六畳間の真ん中に座らされると、すぐに上半身の服を脱がされて目隠しをされました。

これがまた妙で、この日の私が朝からそうであったように、逆らったり反抗する気が起こらないんです。この人に会ってからはさらにそうなった気がします。

これをどう言えばいいのか、……はっきりしているのは玄関でそのおじさんの姿をしげしげと眺めたあたりから体の自由がきかないんです。

全身が痺《しび》れたかのように、もうなすがまま。

やがて手拭いで目を塞《ふさ》がれてそのまま座らされましたから、はっきりしたことはわかりませんが、あらわになった私の背中に筆のようなもので次々と字か何かを書いたみたいでした。

水だったんでしょうか……冷たい冷たい筆先が、背中全体を走り回る……そんな感じがしたと思います。

これがよほど気持ち良かったのか、私は座った姿勢のまま意識が遠のいて……、はっと気がついた時には自分の家の、それもテーブルの前に正座していたんです。

そしてこれがまたおかしなことに目の前のテーブルには、結構豪勢なおかずの山……。

一体あれから何時間経ったのか……いつの間に、どうやって家に帰ってきたのかわからず、記憶がぷっつりと途切れたまま、さらには食卓が凄い……訳がわかりません。

窓の外は暗かったので、夜になっていたことだけはわかりました。

両親は出かける前とうってかわって何となくご機嫌な様子に見えるのですが、一言も話してくれません。

私はまだ自分の体が自分のものでは無いかのように、ただご飯を食べて、そのまま風呂に入って、そのまま寝る……。

喋らなかったのか、喋れなかったのかもよくわからないまま、その日を終えたのでした。


おかしいと気付いたのは、次の日、学校に行った時でした。

門をくぐろうとしたその時、自分のおでこにパンッと温かい掌《てのひら》のように思えるものが当たったのです。

もちろん目の前には何もありません。

再び門をくぐろうとすると、パンッ！　と音を立てて何かが当たるので前に進めません。

目の前に手を出しても何もないのに、おでこに当たる掌の感触に押し戻されるんです。

横にずれてもダメでした。

おでこの前に何かあるのならばと、仕方なく少し頭を下げて通り抜けようとしましたが、今度は頭を押し返すんです。

……どうなってるんだ？

これでもまだダメならと、もっと前屈みになり、頭を深く下げるような格好で突っ込んだその時。

ガッと後ろから片手で首を強く摑まれたんです。

い、痛い！　痛い！

思わず自分の両手で振り払うようにしたんですが、頭の上には何も無く、バタバタと空《くう》を切るだけ。

にも拘わらず首には強く鷲摑《わしづか》みにするヌメッと汗ばんだような大人の手の感覚がしっかりとあります。

その手がギリギリと首を締めながら頭を地面に押し付けようとするんです。

痛い!!　痛い!!　痛い!!

思わず体が前につんのめったんですが、なんとそれで校門を通る事が出来たんです。

しかも中に入った途端に、今の今まで首を摑んでいた手の感覚が消えて無いんです。痛みはジンジンと首に残っているのに。

何だったんだ？　殺されるかと思った……。

どう考えていいかわからず、首を捻《ひね》りながら校舎に入ろうとしたその時、またも同じようにパンッと掌に押し戻されたんです。

えっ!?

嫌な感じがしました。

これはさっきと同じように通り抜けないと、首を押さえつけられるんじゃないか……？

そう思った私は恐る恐る、九十度くらい腰を曲げるように深々と頭を下げて通ると、何事も無く校舎に入る事が出来ました。

もうこれで大丈夫！　そう思って教室に入ろうとした時です。

ピタッとおでこに見えない掌！

あ、押し戻される!?

そう思った私は、すぐに深々と頭を下げて教室に入りました。

いえ……、何がなんだかわからないまま体が勝手にそうなったんです。

とにかくこれが教室でも校舎でも、出る時には何ともないのに、どこかに入る時には掌に押し戻されることが続いたんです。

昼休み時間が終わって、急いで教室に入ろうとした時なんか、うっかり忘れて掌に押し返されたので、廊下の端へ体が飛ばされたほどでした。

見ていた周りの友達から笑われるし、恥ずかしいやらみっともないやら……。

学校どころか、家に帰っても丸っきり同じでした。

門を通る時も、玄関に入る時も……。

これは昨日のことと絶対に関係があるに違いない。そこでお袋に訊ねてみたんですが、そもそもあんたが悪いんでしょうが！　と怒るだけで何も教えてくれません。


だったらいいっ！

と腹が立った私は、自分の部屋に入る時に、このおでこに当たる掌と戦ってみようと決心したんです。

腰を入れて、おでこに掌の感触が当たっても力ずくで頑張れば押し返せる！　先に首の回りを自分の両手でカバーしておけば、締め付けられることは無い！　そう覚悟して試みました。

見えないモノになんか負けてたまるか！　……と。

パンッ!!

と、おでこに掌。

そこで押し戻されるものかと腰に力を入れ、足も踏ん張りました。

ところが突っ張ったのもつかの間、両手でカバーしているにも拘わらず、それをすり抜けて首をガッと摑まれたんです。

そこに凄い怒鳴り声が響きました。

「頭を下げんかい！」

えっ!!

これに驚いて全身から力が抜けると、途端に体が頭を下げる姿勢になったのです。

すると嘘のように首を締め付ける手の感覚が無くなって、私は転がるようにして部屋の中に入ってしまいました。

一瞬ポカンと部屋の中に立ちすくみ……。

初めて耳にした声でしたが、どうにもこうにもこの荒々しい声が昨日の白髪頭のおじさんの声だとしか思えてなりませんでした。


逆らっても無駄だと思った私は、これを機にとにかくどこかに入る時や、通り抜けなければならない時には、一礼するかのように頭を下げることにしたんです。

おかしなもので、この悪ガキの私がいちいち頭を下げるものですから周りの人達から、礼儀正しいだの、行儀がいいだのと褒められたり噂《うわさ》されたりするようになりました。

すると、あれほど屈辱的だとか苦痛だとか思っていた事がどうでも良くなっていったんです。

ある日、友達の家に行った時でしたか……。

いつものようにペコリと頭を下げたその真下、自分の足元に、蟻《アリ》が列をなして動き回っているのを見ました。

以前は蹴散らかすように踏み潰して殺していたものを、あぁ一生懸命働いているんだな、と思えたんです。

今まで形だけだったクセに、その時は心から素直に深く頭を下げることが出来ていることに気付きました。

このおかげで、真っ当に生きていける自分へと変われたと思うのです。

この話は、私の嫁にしか話したことはなかったのですが、その嫁が、あなたと似たような体験をした人がいるから本当の話だったのかもねと言って、私に『禁忌楼』を読んでみれば、と勧めてくれたんです。

で、この本の何が怖かったかというと、〝おまじない〟に逆らうと命が無いって真剣に思った主人公の気持ち……ですね。

招かざる客

私の祖父《じい》ちゃんが心筋梗塞《しんきんこうそく》で亡くなった時の話です。

それにしても……人というのはあっけないものですね。朝食中にウッと一言呟《つぶや》いたかと思うと、そのまま倒れて、夕方に帰って来た時には白い布が顔に被《かぶ》せられていたのですから。

家に運び込まれても布団に寝かされたまま。ピクリとも動かないし、生きていれば邪魔としかいいようのない顔に掛けられた白い布。

こんな情景を生まれて初めて見た私は受け入れることが出来ませんから、絶対すぐに動き出すと信じて、枕元に座ってずっと見つめていたんです。

家に駆けつけて来た親戚は、斎場の手配は？　お寺さんはどうなってるのか？　などとバタバタと私の後ろで大騒ぎをしています。

それでも私は、本当はただ寝ているだけで皆をびっくりさせようとしているんじゃないのかなぁ、と思いながら見ていました。

と、その時!!

パッ。

顔に掛けてあった白い布が、強い鼻息で吹き飛ばされたかのように真上に舞い上がって、私の頭の上を飛び越えるとヒラヒラ舞いながら畳の上に落ちたんです。

わっ!!

その瞬間を、両親も親戚も見ていました。

…………。

シーンと静まり返る部屋。

私のイタズラだとは思われなかったんですが、どうしてこんなことが起こったのか誰にもわかりません。

今の見た？　見間違いだよね？

風？

などと別の大騒ぎが始まったんです。

誰も今の一瞬が認められなかったんでしょうね。

一番最初に冷静になったのは、たぶん父でした。

畳の上に落ちた白い布を拾い上げると、縁起でもない……と呟いて祖父ちゃんの顔の上にスッと被せましたから。

私はこの騒ぎのお陰で、祖父ちゃんの顔をやっとゆっくりと見ることが出来たのですが、本当に今すぐにでも起き出しそうな顔をしていました。

だからでしょうね、ますますこんな布を被せられたら起き上がれないのに、と思ったのです。

ところが、父が布を丁寧に……整えるように被せ終えた時でした。

パッ！

また真上に舞い上がったんです。

………。

これには驚き以上のものがあったんでしょう……。

さっきのように大騒ぎの声が上がりませんでした。

〝怖い〟という部屋全体に広がった空気を、子供の私でも感じ取れました。

最初に口を開いたのは、やはり父でした。

うちの祖父ちゃんに限って、こんな往生際が悪いわけがない！

そう周りに言い放ったんです。

すると部屋のどこからか、嬉しそうに笑う五、六人の男や女の声が響き渡ったのです。

ハハハハハ……フフフフフ……。

全くその場にそぐわない、驚くほど楽しそうな笑い声。

ゾッとしました。

親戚は互いに顔を見合わせ、途中から入って来たご近所の人達は、どこで笑ってるの？　誰が笑ってるの？　と言わんばかりに部屋や廊下をグルグルと見回しています。

その場の空気に飲まれたらしく、さすがの父もすぐに布を拾うよりも、一緒になって声の出所を探していましたが、突然ハッとした顔になりました。

これはモノノケだ！　モノノケが来たんだ！

と言うや否《いな》やすぐに部屋から出て行ったんです。

戻って来た時には、布に包まれた猟銃を手にしていました。

祖父ちゃんが昔、山で害獣駆除のために使っていたものです。

周りの人達も知っていたはずですが、それでも場が場ですから、もう唖然《あぜん》呆然です。

父はこの猟銃を祖父ちゃんの枕元に置くと、
モノノケは鉄を嫌う。鉄砲なら尚更《なおさら》怖かろう。

そう言って祖父ちゃんの顔にまたゆっくりと布を被せたんです。

確かに父の言う通りでした。この銃が部屋に持ち込まれた途端、笑い声が止まって気配が変わりました。

そして今蛍光灯が点けられたかのように、部屋全体が明るく感じられたんです。

お寺さんから車が着いてご住職が入ってくるなり、枕元の銃を見て、
なんと！　これは!?　故人の横に鉄砲？　どうしたことです？

と大声を上げると、これまでの冷えきった雰囲気を壊して、その場は笑いの渦になりました。

ご住職は父から軽く経緯を聞いて、
なんと！　モノノケがっ？

と、信じていない様子で苦笑していました。

ですが、説明し終わっても父はまだ安心出来なかったらしく、再び席を外すと今度は猟銃を手入れする油を持ち出して、庭や玄関に撒《ま》き始めたんです。

お父さんどうしたの？

とその理由を訊くと、弔問客に混じってモノノケのような招かざる客が紛れ込まないためのおまじないだ、と言ってのけたのです。

いや本当に真面目な顔で。

これが良かったのか意味があったのか、無事に葬儀を全て終えることが出来ました。

めでたしめでたしな話でしょ？

引換

春先まもない頃でした。

私はご近所の奥様方三人を誘って、山へ山菜採りに入ったのです。

その日は春先だというのに日差しが強くて、まるで夏みたいでした。

私達は四人共、頭に日除け帽を被り、腰には採った山菜を入れる籠《かご》をぶら下げ、お茶とお弁当を手にペチャクチャと世間話をしながら山へと入って行きました。

知らない人が見たら、ただのおばさんピクニックでしょうね。ま、似たようなものですけど。


午前中だけで腰の籠はワラビでいっぱいになりました。

後はお昼を食べて帰りましょう。

楽しく四人でペチャクチャ喋りながら食べていたお弁当が、半分ほど無くなろうかという時でした。

あら？

いつの間にか……というか、どこからやって来たのか、目の前に小学校一、二年生くらいの男の子が立っているんです。

茶色の長袖のセーター。おまけになんとこの子、半ズボンまで茶色のニットなんです。

顔や姿からして、村の子ではないのは一目でわかりました。

坊や、道に迷ったの？　お父さんやお母さんは？

帰り道がわからないの？

などと私達は次々に声をかけたのですが、何も言わないどころかピクリとも動きません。

ところが私達の中の一人が、あっ！　ボクもしかしてお腹すいてるの？　よかったら食べる？　と声をかけたのです。

子供は正直ですよね。

直《す》ぐにコクンとうなずきましたから。

よく考えたら、その子はじっと私達の膝《ひざ》に載っているお弁当に目をやったまま動きませんでしたから、直ぐに気付いてあげればよかったんですけどね。

はい、これ。

私がおにぎりを差し出した途端、両手で掴み取るとその場にしゃがみ込んでバクバクバクバク食べる食べる。

よっぽどお腹がすいてたのね……。

あまりに見事な食べっぷりに他の三人も次々とお弁当の残りを差し出したのですが、とにかく次から次へと手で掴んでは食べ掴んでは食べ……その姿にあっけに取られました。

慌てなくていいから。ほら、お茶も飲みなさい、喉《のど》につっかえるわよ。

そう言いながら四人揃って腰の横に置いてある水筒に手をかけた時です。

あれ？

という声が飛びました。

見ると、目の前にいたあの茶色い服を着た子がいないんです。

嘘っ？

周りは短い草の斜面、周囲五、六メートルは隠れる場所などありません。

あったところで、音も立てずに後ろ姿も見られる事なくどこかに行くなんて無理です。

誰言うでもなく、きっと子狸《こだぬき》にやられたわね、という笑い話で終わりました。

この年の夏、迎え盆が間近に迫っていた日曜の午後のことでした。

偶然といえば偶然でしょうが、墓参りのためにこの四人で草刈りをしていたんです。

とその時。

まさに一天にわかにかき曇り、天気のよかった空が厚い雲に覆われて夕暮れのように暗くなったかと思うと、大きな雷の音がしてバケツをひっくり返したような大雨が降り出しました。

全身グショグショのずぶ濡《ぬ》れになるまで二十秒も経っていなかったと思います。

それほどの大雨でした。

山道があっという間に川のようになりましたから、このままでは足元が危ない、流れに足を取られたら大変と、私達はそのまま杉林の斜面を上って行ったんです。

雨宿りというものではなくて、とにかく川のようになった道から水がひくまで避難していようというつもりで高い所に上がった感じでした。

ところが雨は更に酷くなる一方。

どこからか、ズズズズッと地響きがして、しばらくすると道の下の谷に凄い土砂がたくさんの細い木を巻き込みながら流れていったのです。

どうしよう……。

そこにもう一度、小さな鈍い地響き。

あまりにも急に雨が降り過ぎて木の少ない急斜面の地盤が緩《ゆる》くなったんでしょうね。

そしてこの地震のような体感が、ちょっとした間違いを起こさせたんです。

一人が、地滑りが怖いから竹やぶに移動しましょうよ！　と言いました。

あっそれがいい！

と私はすぐに同意しました。

子供の頃から地震が起こったら竹やぶや竹林へ逃げなさい。根っこが網の目のように張っているから安全だと教えられていたからです。

私達は急いで杉林を出ると、川のように流れている山道をその流れに逆らうように更に上って竹林の中に入ったんです。

どんどんと降り続く雨。

無事に竹林に入ったおかげで、なんとなく心が落ち着いた時でした。

ちょっとあの子よ！

と声が上がりました。

竹林の下に流れている山道の川に、春先に見た茶色のセーターの男の子が立っているじゃありませんか！

ずぶ濡れになった髪の毛が顔を隠していましたが、間違いなくあの時の子が私達を見上げるように立っているのです。

危ないからこっちにいらっしゃい！

流されたらどうすんの？

いくら言っても初対面の時と同じようにピクリとも動きません。

仕方が無いので、四人でその子を助けてあげようと竹林を下りると、いきなりその子が下流に逃げて行ったんです。

ちょっと待ちなさい！

四人で後を追っているうちに三十メートルも下ったでしょうか、追いついた！　と思ったその時、バシッバシッガサガサと凄い葉音や根切り音が後ろから聞こえてきました。

振り返ると、さっきまでいた竹林の一部がゆっくりと横に動きながらすぐ下の谷へと落ちて行ったんです。

ええ、私達が今の今までいた所ですから、もうビックリ！

それはまるで、床の上をカーペットが滑り落ちていくようでした。

後には黒い土と刳《えぐ》れた地層が顔を出していたんです。

危なかった……。

この子がいなければ……。

追いついたと思ったその周りを見渡すと、その子がまたいません。

降りしきるどしゃ降りの雨だけ。
とにかくここまで来たならもう急いで帰りましょう。
と足元に気をつけながら私達は家路を急いだのです。
その時、誰かが、
お弁当と引換に命を助けてもらったみたいね。
と呟いたのでした。

悪戯《いたずら》

私は関西《かんさい》の繁華な町から離れた村で高校卒業まで過ごしました。

バブル期が始まる前くらいでしたか……、人が使うのかどうかもわからない村の奥にまで次々と道が整備されていったのを驚きながら眺めていたことを覚えています。

砂利道《じゃりみち》が当たり前という時代に育ちましたからね、最初のうちは何をやっているのかわかりませんでした。

道の両端にコンクリートで側溝が作られて、その間にアスファルトが敷かれていくんですよ。

道というのは人や車が通って自然にできるものだと思っていましたから、整った幅の一直線の道が田んぼを貫いているなんて、不思議な光景以外の何物でもなかったですね。

やがてその整備された道路に沿って次々と家が建っていきましたが、どんなに開発が進んでも村では狸や狐《きつね》が人を化かすという話が無くなることはありませんでした。

いや、そのはずです、だって本当に化かすんですから。

私が小学校の頃ね、秋の稲刈りが終わった後、夜中に〝送り提燈《ちょうちん》〟がよく出たんですよ。狐火ではなくてそう呼ばれていましたから。提燈なんです。

わかりますか？

夜道を歩いていると、ぼんやりと蠟燭《ろうそく》の火をともした赤い提燈がポツンとひとつ。地面すれすれに田んぼの真ん中を端から端まで斜めに横切って山に向かって行くんですよ。

それも灯《あか》りの全くない真っ暗な山に。

風が吹いたって揺れないんです。不思議でしたね……。

とっくに懐中電灯の時代でしたから、村中どこを探したって提燈を点けて夜中に歩いたり、ましてや道のない田んぼの中を斜めに延々と横切って、山に行く人なんていません。

ある時なんか、斜めに横切っている提燈に、向こうから別の提燈がやってきて、交差するのかと思ったらそのまま溶け込むようにして一つになって……、数も増えなければ大きくもならない一つの提燈となって、山へと向かって行くのを見たんです。

……そう言えば、私が見たものは全部山に向かっていくものばかりでしたね。

あっ、本題はここからなんです。聞いて下さい。

こんな狐や狸が化かすという話があったればこそなんですけどね。

私が小学校六年生の時でした。

きっかけは忘れましたが、友達二人と共に小学校二、三年生の下級生を騙《だま》して遊ぼう、ということになったんです。

計画はこうでした。

人がもうずっと住んでいない廃屋から襖を外して、山の中の藪《やぶ》に石やつっかえ棒を使って立てかけておくんです。

それでね、下級生達には前もって、山の中に『どこでもドア』が出るらしい……と噂を流しておくんです。

それから頃合いを見計らって、俺たちも見た！　一緒に見に行かないか？　と下級生達を誘い出して、仕掛けとわかった瞬間にガッカリするのを見て楽しむ……。

今聞いたら笑っちゃうような話ですが、ひょっとしたら見た途端に下級生が怖がって腰を抜かすかもしれないという悪戯《いたずら》だったんです。

仕掛けは単純でしたが、その準備は思ってた以上に大変でした。

襖に穴が開いていて向こうが見えたら台無し。あまりボロボロすぎると、見た目が扉っぽく見えませんから、状態のいいものを探すのにえらく手間がかかりました。

その見つけた状態のいい襖は二階の押し入れにはめられていたんですが、三人で外して誰にも見つからないように運ぶのが大変だったんですよ。

何といっても、日が沈みかけて人が通らないようになってからでないと運べません。しかも暗い廃屋の二階から下ろしてこれまた暗い山道をヨイショヨイショと結構な重労働でした。

翌日、隠しておいた山の中に入って風で倒れないように、しっかりと立てかけると、下級生を引っ掛けるために学校へ戻ったんです。

そこからはもう大芝居。

山の中で『どこでもドア』を見た！　あれは狸の仕業に違いない！　今行ったらまだ見られるかも？　などと言いふらして回って。

まぁもし引っ掛かった子の中に、ちょっとでも頭のいい子がいればドアと聞いた瞬間に、山の中にドアはおかしい！　と文句を言われそうな程度の低い悪戯だと思うのですが……。

とにかくその時四人の子供が、えっほんと？　まだ見られる？　それ見たい！　と言って目をキラキラさせて、私達の後に付いて来たんです。

しめしめと思いましたね。

藪に近づきながら、自分たちが仕掛けておいたくせに、おかしいなぁ、確かこの辺だったのに……、とか何とか言いながら少しずつ目的の場所に誘導していきます。

この子達の中から発見者が出て欲しかったからです。

その時でした。

先導している私達三人の後ろから、
あっ、あれ！　あそこ！

という声が上がったと同時に、下級生四人が一気に私達を追い抜いて藪を掻《か》き分けながら、一目散《いちもくさん》に走って行きました。

私達はそれを見ながら、ニヤニヤしてゆっくりとその後を付いていきます。

何といっても襖の後ろに回れば、倒れないようにしている石とつっかえ棒の山ですから、すぐに悪戯だとバレます。

狸だろうが私達だろうが人を騙すことに変わりはありません。でも、この騙された！　という姿を見るのが自分達の目的です。

ところがです。

先頭の子がダダダダッと襖のところまで走って行くと、何と、躊躇《ちゅうちょ》無く、立ち止まりもせずに引き手に手をかけて、スラッと横に開けたんです。

わっ！　開いた!!

嘘っ!!

その向こうは真っ暗な四角い闇《やみ》。

ええええっ!?

私達三人の驚き様はただ事ではありません。

ただ立てかけてあるだけの襖が、本当の押し入れのように横にスラッと開くわけがないんです。あり得ないんです。

しかも向こうが見えないんですよ？　真っ暗で！

その真っ暗い中に先頭の子が飛び込むと、他の三人も次々と中に入って、最後の子が振り向き様に襖をス――ッと閉めた途端、襖がガタッと斜めに傾いて藪の中にバタンと倒れたんです。

うわ――――っ、大変だ！

おい！　中！　真っ暗だったよな!?

ど、どこに消えたんだ？

私達三人は大騒ぎです。

四人の子供が目の前で消えていなくなったんですから。これは行方不明事件だ！　ってなもんです。

もう、心の底から震え上がりました。

急いで近寄ってみましたが、そこにはただ一枚の襖が倒れているだけ。

それも藪の中ですから、四人の下級生が隠れる場所などありません。

いや何より、中に入って消えていなくなるのを見ましたから、三人とも声すら出せないでいました。

とそこへ後ろから、
どうしたの？　お兄ちゃん達？

これが『どこでもドア』なんだ？

という声が聞こえたんです。

振り返ると、下級生四人が藪を掻き分けながら私達に近寄って来るではありませんか!?

え――？　お前ら、走って襖の中に入ったろ？

ううん。『どこでもドア』にビックリして立っていただけ。

だったら私達三人の後ろから駆け出して、襖の中に飛び込んだあの四人は何だったんだ？

と思った時でした。

二人のうちのどちらかが、
チッ！　くそ、狸め！

と口汚く呟いたのです。

殴り込み

どう思われるかわかりませんが、私ね、怖いという思いをしたことが無いんです。

そりゃ親が本気で怒った時や、学校で先輩から呼び出しをくらった時は怖いと思いましたけどね。

でも何というか、現実ではないことに怯《おび》えるだとか恐怖するとかいう感情なんて私には全くありませんでした。

あれは二十六、七歳の時でしたか……。

ある土曜日の晩に、職場の同僚五、六人がＤＶＤ持参で遊びに来ましてね、どうやらみんなで示し合わせて私の部屋で怪談映像大会をやるんだ、ということでした。

その彼らの持ってきたＤＶＤが『怪談新耳袋《しんみみぶくろ》　殴り込み！』シリーズだったんです。

いやぁ怖がらせたいんだか笑わせたいんだかわからない、変な人達の変な映像でしたね。

でも確かに通常のテレビ番組では味わえない本気本物だから伝わる怖さや臨場感に、周りの同僚達がどんどん呑《の》まれていくのがよくわかりました。私は普通に面白い作品だと観ていただけですけどね。

おかしなことに次から次へとＤＶＤを観続けていくうちに、みんな黙り込んでしまうんです。

そのうち、これは笑いどころ満載だと思って私が笑ってばかりいると、みんながこちらを向いて、そうじゃないだろ？　と言い出す始末……。

まぁつまり、怖いことを楽しんでいるのに、どうしてお前は怖がらないんだ？　というわけです。

カチンときた私は、そんなに怖がらせたいのなら部屋中の電気を消して真っ暗な中で観れば俺だってもっと怖がるかもしれない、と提案したんです。

途端に大顰蹙《だいひんしゅく》を買いました。

お前はそんなに怖いってことがわからないのか？　って。

そこで口にしてしまったんです。

俺は今まで怖いと思ったことがないし、こんなことで怖いなんて思わない。大体《だいたい》お前らはたかが映像くらいでビビりすぎなんだよ！　と。

これが同僚達の心に、そこまで言うのなら、と火をつけてしまったんですね。

売り言葉に買い言葉。

お前も『殴り込み！』と同じことをやったらそんなことは言ってられない！

面白い！　じゃあ受けて立とう！

これでこの場は『殴り込み！』鑑賞会から、一気に私の『殴り込み！』撮影会へと変わったんです。

幸いビデオのハンディカムや懐中電灯は持っていましたから、装備に問題は無し。


勢いのまま友人のワンボックスカーに乗せられたまではよかったのですが、いざ私がさぁどこへ行く？　どこにでも連れてってくれ！　と言い出すと、困ったのは友人達の方でした。

目的があっても目的地が無かったんです。

遠すぎると夜が明けてしまいますし、ネット情報なんて当てにはなりません。廃屋は不法侵入で捕まったり通報されたりしますからね。

やっぱりやめるか？　となりかけたその時、同僚の一人が、俺んちの裏山に上らないか？と提案したんです。

どうして？

するとは、こんな体験談を話したんです。

中学生の時に剣道部に所属していたという彼は、毎日夜明け前に竹刀《しない》を手にして家の裏手にある山へと上っていき、中腹にある休憩所で素振りをしてから帰るということを繰り返していたといいます。

ある朝のこと、いつものように山道を上っていると、なんと前から薄いピンクのツーピースを着て真っ白な真珠のネックレスをつけた女性が下りて来たんです。

こんな時間に山の上から？

よく見ると、歳は自分のお母さんより若そうだし、靴もピンクのハイヒールで、どこからどうみても結婚式帰りの姿にしか見えない。

山道を下りてくるような人じゃないよな……。

不思議に思いながらすれ違い様に振り返ると、全くこちらを気にしていない様子で道を下りていきます。

………。

おはようございます、と一声くらいかければよかったかなぁ、などと思いながらしばらく上ってから何気なくまた振り返ってみると、さっき見た時と同じ距離のまま、まだ女の人が山道を下りているんです。

自分がこれだけ上ったのだから、こんな近くにいるわけがない。

ゾッとして、急いで山道を上りようやく休憩所が見えたあたりでもう一度振り返ると、なんとさっきの女はまだ同じ距離で山を下りていた。

そう話し終わると、彼はしばらく黙り込んで、こう一言。

……あれは……きっと幽霊だと思う。……だからそこへ……。


時間は朝の四時過ぎ。もうちょっとしたら夜が明ける。

場所は近いしタイミングもピッタリ。

そこで彼が幽霊を見た場所に行って、同じ幽霊を撮影して来い！　というミッションが私に下ったのです。


車は目的地に着いて、懐中電灯とビデオカメラを手にすると、私は早速指示された山道を上りはじめました。

最初にお話した通り、怖いと思ったことなどありませんから、その証明がビデオカメラで出来るのだと思うと嬉しくて意気揚々です。

そもそも何があっても、山を下りさえすればそこに同僚達が待っているわけですからね、余計怖いことなどありません。

上りはじめた山道は街灯みたいな灯りなどなく真っ暗でしたが、懐中電灯さえあれば問題なし。

この道を休憩所まで上ってグルリとあたりの風景を撮影して戻ってくるだけなんですから、実に簡単なミッションです。

鼻歌混じりに道を上っていきました。

片道三十分と聞いてましたから、真ん中くらいまで来た時でしょうか……。

あれ？

と思わず首を捻ってしまう風景になってきました。

一本道だと聞いていたのに、道幅がどんどん狭くなって草むらがどんどん自分の両脇に迫ってくるんです。

道を間違えたかな？　……いや他に道は無かったはずだ……。

ですが、このまま先細りして道が無くなる予感がします。

思った通り、ほどなくして目の前が草だらけになって、掻き分けなければ道があるのやら無いのやら。

立ち止まって懐中電灯で前方を照らすと、その先には木もまばらに生えてましたから、道は無いのは明らか……。

やっぱり道を間違えたか……。

仕方ない、一旦《いったん》引き返すかと思って後ろを向いた時です。

ギョッとして我が目を疑いました。

来た道が無いんです。

草むらのまっただ中。

今までこんな所を歩いてきたっけ？ ……。

それでも坂は坂でしたから下りれば大丈夫だと思いました。

だから真っ暗な中とはいえ、一直線に歩いてきたのでそのまま下っていったのです。

ところがいつまで経っても草の中で、ついさっきまで歩いていたはずの山道に出会えません。

五分も歩いているのに、全く道と出会わないとなるともうこれは迷子というか遭難と同じ状態。

ビデオカメラこそ手にしていましたが、もう撮影を気にするどころではありません。

お――――い！

と大声を出したんです。

これで同僚達の声が聞こえればそっちに向かって歩いていけばいいわけですから。

ところが誰の返事も聞こえてきません。

お————い！

もう一度大声を上げましたがやはり返答無しです。

おかしいなぁ、と首を捻ったその時。

なんと後ろの方から、

「お————い」

という男の声が聞こえたんです。

……この真っ暗な山の上から？

振り返ると、道の無い木や草の向こうから懐中電灯であちこちを照らしながら誰かが凄い速さで下りて来るんです。

人が来た。助かった……。

すみませーん。迷いましたぁー。

近づいてくる相手に懐中電灯を向けると、何と下りてきたのは私自身なんです。

その私が、私に向かって、

「お――――い」

と叫び声をあげるじゃないですか!?

その私の顔は涙を流して鼻水を出し、口からよだれを垂らしているんです。

着ている服から手にしたビデオカメラまで同じ。そのもう一人の自分が、懐中電灯を手にこちらに向かって走ってくるんです。

長い時間のように思われるかもしれませんが、十何秒かの話ですよ。

それにしたって、女でも子供でも幽霊みたいなモノならいざ知らず自分ですよ?

いやもう何が何だかわからなくなって、ただただ自分に追いつかれないように私も走って山を下っていきました。

いえ正確には懐中電灯とビデオカメラで草むらを掻き分けるようにして走っていたんですが、パッとその先に同僚達が見えた時にはいつの間にやら草は無くなってました。

怖いという感情が自分には無いと思ってましたけど、いや、ありましたね。山の中で出会った自分自身は説明できない怖さがありました。

その時の私はよほど凄い顔や様子だったと思います……。

同僚と合流した途端、すぐ車に飛び込んだ私にみんなビックリして、話すとか茶化《ちゃか》すことなく、つられて乗り込むと、そのまま走らせてくれましたから……。

あっ、肝心のビデオカメラの映像ですよね？

不思議な事に私は草むらで行き止まりだと思っていたのに、映像には普通の山道が映ってい て、そこへ向こうから懐中電灯のようなあちこちを照らす光が近づき、それをカメラのレンズが捉えたと同時に画面が真っ白になってそのまま録画が終わっていました。

証拠も何もあったものじゃありません。

私だけの勝手な体験と思いたい所ですが、同僚達は私の、お――い、という叫び声を四回聞いたと言いますから、後の二回は別の誰かだったことになります。

さらに私に対して大声を上げてくれたらしいのですが、私の耳には全く届いていませんでした。

この体験のおかげで、私にも怖いという感情がある、と知りました。

鳥居

今の街中ではもう全く見かけなくなったと思いますが、私が小さい頃は、細い路地のあちこちに赤いペンキで鳥居のマークが描いてありました。

大概は細い路地の入り口と真ん中と出口辺りの板塀に描かれて、ここで立ち小便をするな！という意味があったんですね。

でも私は子供の頃、それを逆だと思っていました。

外での立ち小便がいけないことは知っているくせに、その鳥居のマークにはやっても構わない……そう思い込むには訳があったんです。

鳥居の前に行けば、いつもオシッコのすえた臭《にお》いがツーンと鼻を突いたからです。

思い込みとは怖いもので、鳥居のマークにこの臭い、これはオシッコをする指定の場所なんだと決めつけてしまったが最後、それがおかしいことだとは思わなかったんですから。

ある年の秋祭りの時だったと思います。

もうお祭りが嬉しくて嬉しくて友達と一緒に、準備をしている神社の境内をちょろちょろと走り回って遊んでいました。

大人がお祭りの準備のために御神輿《おみこし》を台に載せて掃除をしていたり、屋台を出す人達がいろんな箱を開けて機材を出していたり……。

棒が参道に立てられ、そこに電線が通されて一つ一つ裸電球を付けられ、さらに提燈が吊るされていく……。

眺めているだけで楽しくて楽しくて、出来る前からあれは何の店だ？　何時から始まるんだろう？　提燈って幾つぶら下げられるんだ？　そんなどうでもいいことをペチャクチャと喋りながら参道の入り口から本殿の裏手までを行ったり来たり……何度も繰り返していたんです。

そんな時、

あ、俺オシッコ。

と言って、私は友達の中から抜け出したんです。

今のお祭りと違って仮設トイレなんかありませんからね、単に人のいない所を探して回ってみたものの、お祭りの準備であちこちに大人がいます。

どうしよう……我慢しすぎた……。

場所が神社の境内ですから、うかつにどこでもオシッコをしようものなら見つかって怒られるに決まっています。

ですが、遊びに夢中になりすぎて、膀胱《ぼうこう》は破裂寸前。

おチンチンに両手を当てて足踏みをしながら、どうしよう、どうしようと焦っていた時です。

あっ！　そうだ！

参道から外れた所に小さなお稲荷《いなり》さんのお社《やしろ》があることを思い出しました。

いえ……正しくはお稲荷さんが祀《まつ》ってあるお社を思い出したわけではなくて、単にその手前にある鳥居を思い出したんです。

あ、あの鳥居にオシッコをすればいいんだ。

オシッコをするためのマークと思っていましたから、ここなら大人に見つかっても大丈夫。

いいことを思いついた……くらいにしか考えませんでした。

私は急いで参道から外れ、奥に走ってその鳥居の根方で思う存分オシッコをしたんです。

みみずもカエルも皆ごめん。

とか言いながら。

結局ここに大人は来ませんでしたから、オシッコは誰にも見つからずに、気持ちよく済ませることが出来ました。

お祭りが終わった翌朝。

おチンチンの強烈な痛みで、目が覚めたんです。

起き上がってパンツの中を見て驚きました。

私のおチンチンが赤カブのように丸く、パンパンに腫《は》れ上がっているのです。

あまりの痛みで気がつきませんでしたが、触ってみるとえらい熱を持っていました。

とはいえ朝の起きたてですから、ズキズキと痛むもののオシッコには行きたい。

くぅ――――っ!!

トイレに駆け込んでオシッコをした時の沁《し》みるような痛みは、腫れ上がっているそれよりはるかに辛かったです。

子供の頃のオシッコの勢いは凄く激しいですから、その痛みはもう酷いのなんの……。

母に見せると、これは急いでお医者さんに行かなきゃ!　とすぐ学校に電話を入れて休みをとってくれました。

しかも私は痛みで気がつきませんでしたが、三十七度を超える熱も出していたんです。

とはいってもまだ病院が開いているような時間ではありませんから、とりあえずお布団で寝てなさい、と母に言われたんです。

このおチンチンの腫れに熱まで重なって、横になった途端、頭がボオッとして何も考えられませんでした。

医者に行くよ、と母に言われた時には、熱は三十八度を超えていました。

医者から言われてズボンを下ろすと、自分でも驚きました。おチンチンどころか両脇の太も、上はへその下近くまで赤みが広がっているんです。

こんなに腫れ上がっているんだから、雑菌でも入って炎症を起こしたんでしょう、と塗り薬に抗生物質、それから下熱剤なんかを貰って家に帰りました。

そして薬のお陰で熱はあっという間に下がり、太ももやお腹の赤みも夕方にはほとんど引きました。とんがらしで出来たパンツでも穿《は》いていたかのような、股間《こかん》のあたりの熱っぽい感じもほとんど無くなったんです。

ただ、肝心のおチンチンだけは、半分くらいまで腫れが引いたものの、ジンジンする痛みや熱は残ったままでした。

とはいってもこの劇的な効果で、一晩寝ていれば明日にはきっと治るだろう、と思ったんです。母も様子をみながら、同じようなことを言ってましたから。

ところが夜、寝る前の事です。

はい、下を脱いで、見せてご覧。

薬を塗るためにパジャマとパンツを下ろすと、
あれ？　……これ……もしかして鳥居？

と母が声を出しました。

鳥居？　何が？

見るとおチンチンの上のところにまだ少し赤く残っていた腫れが、なんと鳥居の形をしているんです。

腫れが残って偶然出来たとは思えないくらい、ちゃんとした鳥居の形……。

まるで指先でペンキを使って描かれたようでした。

……なんだこれ？

しかし、母の目は誤魔化《ごまか》せませんでしたね。

お前、お稲荷さんで何かやったでしょ？　まさか鳥居にオシッコひっかけたんじゃないでしょうね？

もう、ズバリですよ。

急なおチンチンの腫れ上がりと鳥居の形のうっ血で、見抜かれたんですから逃げ場なし。

……うん。

と私が頷《うなず》くと、
鳥居はオシッコをする所じゃないの！　バカだね！　それでお稲荷さんのバチが当たったんだよ。お薬だけでは治りきらないかもしれないし、次の障りがあるかもしれないから、明日の朝早くお母さんと一緒に謝りに行こ。

そう言って電気を消すと、寝かしつけられたんです。

体調を気づかわれてか特に叱られることなく、腫れの理由もわかったので私はその安心からかすぐに眠りにつけました。


ところがその晩のことです。

夜中におかしな臭いや気配で目が覚めました。

何これ？　何の臭い……。

見回すと自分の布団の周りに薄黒い狐が何匹も座ってるんです。

き、狐!?

などと思っているところへ、部屋の暗がりの向こうから同じ狐がまた一匹やって来て、私を取り囲む輪に加わったかと思うと、その間に座ったんです。

そこへまた暗がりの奥から一匹の狐……。

一匹一匹と私の周りに続々と座っていくんです。

…………。

たぶん悪寒からではなく、怖さで体が震え出しました。

やがて私の四角い布団はビッシリと隙間なく座った狐に囲まれてしまったのです。もちろん私は、震えるばかりで身動きするどころの話じゃありません。

頭のすぐ上の狐から足元に座っている狐まで、全部が全部黙って私の顔を見つめています。

これは殺されると思った私は、囲まれる途中から祈るように謝りっぱなしです。

ごめんなさい、ごめんなさい、ごめんなさい……。

あまりの怖さから言葉が出ませんでしたから、心の中で必死に。

ですが謝っても謝っても狐達はピクリとも動きません。

……どうしよう?　どうなるの?

やがて一匹がスッと立ち上がると、布団から離れて行きました。

…………!

それをきっかけに一匹、また一匹と去って行き、どんどんと隙間が空いていきます。

その最後の一匹が腰を上げた時でした。

スッと障子が開いて、母が見えたのと同時に消えていなくなったんです。
大丈夫？　ほらお薬。
起こされた私は再び熱を出していました。
しかし、母は容赦なかったですね、恐らく私の顔を見て熱があることはわかったと思います
が、持ってきた薬を飲ませると、
さっ、お稲荷さんまで行こか。
と、服を着替えさせられたんです。

その後、何をぼんやりしていたのか、突然母の叱り声が耳にとびこんできました。

何やってんの？　ほら！　早くこれ持って！

ハッとすると、なんと神社の境内にあるお稲荷さんの鳥居の前にいたんです。

横にいる母は、手にバケツと真新しいタオルを持っていました。

雑巾《ぞうきん》でも亀《かめ》の子束子《こたわし》でもなく、下ろしたての新品のタオル……。

そのタオルを私に握らせようとしていたんです。

あんたが掃除しなくてどうすんの？

あぁそうか、とぼんやりした頭でタオルをバケツに突っ込むと、鳥居をゴシゴシと綺麗に水

拭きしました。

薬のおかげか、鳥居の掃除のおかげか、家に帰った頃には熱は下がっていましたが、おチンチンの腫れは完全に引いておらず、鳥居のマークもそのまま。

そんなに簡単に許してもらえる訳はないんだ……。

今朝方の狐の夢もありましたから、死ぬかもしれないと思って怖かったですね。

ずっとベソをかいていた気がします。

私の様子から、もう一日学校を休むこととなって布団に寝かしつけられました。

その時母が、
こりゃ、油揚げを買ってきてお供えした方がいいのかもね……。

などと呟いたのです。

お母さんがお供えしてくれたら安心だ……。

私は今朝方ちゃんと眠れなかったせいか、お供えという言葉を耳にした後、そのまま眠ってしまったんです。


どれくらい寝たのか、瞼の向こうが眩《まぶ》しくて目が覚めました。

……何っ？　……え――っ!?

なんと、寝ている私の布団の上に、頭が天井に届かんばかりの大きな大きな白い狐が座っているんです。

光っているのか、その真っ白い全身のためか、部屋の中がものすごく明るく見えました。

これほど大きな狐が乗っているというのに、重さを全く感じません。

ごめんなさい、ごめんなさい、ごめんなさい……。もうしません。お母さんがお詫《わ》びに油揚げを持って行きますから堪忍して下さい……。

そう心で呟くと、なんとその白い大狐がゆっくりと首を左右に振るんです。

えっ？　違う？　油揚げじゃないの？

心でまた呟くと、なんとその首が縦に動いたではありませんか！

じゃ、ボクはどうしたらいいんですか……？

しかし、こればかりは答えようがないのか大きな白狐はピタリと止まったままただ私を見下ろしているだけ。

………。

やがてスッと白い大狐が消えていなくなったかと思うとその向こうに、部屋に入ってきた母が見えました。

お母さん……朝？

油揚げを買いに行って来るから、大人しく寝てるのよ。

油揚げ……お母さん、油揚げじゃないって。

どうして？

私は今しがたまで見ていた話をすると、
そんなこと言われてもねぇ……きっと夢でも見たのよ。

そう言って部屋から出て行きました。

………。

私は何も言い返せず、そのまま、また眠りについたのです。

再びハッと目が覚めると、またも布団の上に大きな白狐が乗っていて、うんうん、と二度頷くと消えていなくなりました。

……何？　今の？

これがどういうわけか、そう思ったのと同時に起き上がれたんです。

体が熱っぽくないし、痛みもひいていました。

……これって……もしかして！

パンツの中を見ると、嘘みたいにおチンチンの腫れが引いて鳥居のマークも消えて無くなっているんです。

お母さん！　お母さん！　治った！

と、大声が出ました。

すぐに聞こえてきた母のドタドタと廊下を走る音。

どうしたの大丈夫？

ありがとうお母さん。やっぱり、油揚げをお供えしてくれたの？

……ううん。

まるで夢で見た白い大狐のように首を左右に振るんです。

え？　じゃどういう事？

母に訊くと、こんな話をしてくれました。


油揚げを買いに行こうと部屋を出た時に、台所から大きなゴトッという音がした。

誰もいないのに何の音？　と音のした場所を探していると、誰が何のために動かしたのか流しの上に塩の入っている小さな壺が置かれている。

今聞こえたのはこれを置いた音？　……よね。

お塩……。

考えた母は、油揚げを買いに行くのを止めてその塩壺を手にして、念のためにお酒を入れたコップを持ってお稲荷さんに行ったんです。

そして、塩はオシッコをひっかけた鳥居に撒いて、社にお酒を供えると、お清めいたしました。うちの子をどうか許してやって下さい。もう二度とこんな悪戯はさせませんから……。

と、必死にお願いしたそうです。

きっとその気持ちが届いたんでしょうね……。

私は、あぁなるほどと思いました。

二度目に現れた白い狐はきっと母に免じて許してやると言ったに違いない……。

今の子は、妙に礼儀正しくて、街中にトイレを借りられる店もいっぱいありますから立ち小便することなどないでしょうね。

いつしか鳥居のマークも街の中から消えて無くなりましたから。

恥ずかしながらまさか本当に腫れ上がるとは……って話でした。

それにしても、立ち小便禁止のために、鳥居のマークを描くというのは、一体いつ誰が考え出したんでしょうね……。

ノック

私（木原）の話です。

三年ほど前、私とマネージャー、そして女性漫画家の二人……この四人でとある名高い神宮に参拝に行った時のことです。

翌日の早朝参拝を考えて、宿は神宮近くの趣《おもむき》のある旅館に宿泊することにしました。

仲居さんに部屋へ通されると、その不思議な雰囲気に心が躍りました。

時期はまだ秋だというのに、八畳の畳部屋には大きな石油ストーブが一つ。その後ろの壁にはセントラルヒーティング、ですが恐らく実際に暖房に使うのは天井近くに付けられた真新しいエアコン。

冬にここを訪れたらどれほど部屋を暖める気なんだ……と思いませんか？

フロントというか受付への連絡用に置いてあるのは、随分昔に見なくなったグレーの置き電話。しかもダイヤルのない直通電話。

部屋風呂はどうなっているんだろう？　と覗いてみると、小さく丸いカラフルなタイルが貼り込まれたセメントで出来た箱のような湯船。その横にある最新型のウォシュレットが全く雰囲気に合わなくてさらにおかしく映ります。

部屋のちょっとした探索を終えて、ここらで落ち着こうとしているところへトントンとドアが叩かれて、木原さん、入っていい？　と漫画家の声。

やって来た気持ちが読めました。

ドアを開けると、隣の部屋の二人がニコニコしながら立っています。

見た？　見た？　すっごいレトロな部屋！　こっちの部屋も見せて！

そうくると思ってましたが、これをレトロとは上手《うま》いことを言うもんだと感心しながら四人で部屋談義。どうやら間取りも雰囲気も全く同じだということがわかりました。

一通り話を終えると、二人は隣の自分達の部屋へ。

これでようやく落ち着いた、とお茶を飲もうとした時でした。

コンコン、コンコン。

部屋にただ一つある表通りに面した大きなガラス窓を叩く音が聞こえたのです。

えっ？　ノック音？　ここ三階だろ？

慌てて磨《す》りガラスの窓を開けると、外は暗く庇《ひさし》も何も無いので、窓から下は垂直の壁。

その周りを見ても近くに電線など無く、窓に当たりそうな物は何も見当たりません。

おかしいな？　確かに聞こえたよね？

その言葉にコクコクと頷くマネージャー。

窓を閉めると、ものは試しにと自分で拳を作って窓を叩いてみたんです。

コンコン。コンコン。

全くといっていいほどの同じ音。

違うのは、この音が室内で響く音だということ。

さっきのノック音は外から叩かれて響いた音だったとはっきりわかりました。

時計を見るとまだ夜の七時です。

お化けが出るにしちゃ早いかもね。

などと冗談を飛ばしたその時です。

コンコン、コンコン。

聞こえた‼

人が折角《せっかく》、間違いや勘違いで済まそうと思っているところへまたもガラス窓からノック音。

それも確かにガラスの右上から……。

もちろん、また開けて外側を確認します。

は て?

これがいくらどう見てもあれほど大きな音を立てるべき物が見当たりません。

あんまりしげしげと外をみていたものだからマネージャーも、本当に音のする物は無いんですか? とばかりに一緒に窓から顔を出しました。

本当……何も無いですね……。

でしょ?

とその時、隣の漫画家が泊まっている部屋の窓が開いて、そこから二人の顔がスッと出て来たんです。

あぁ、こっちの窓の音が向こうにも聞こえたんだ……。

そう思ったので、私は首を捻るようにして、原因に当たる物は何も無いんだよ……、とアイコンタクトを取ったのです。

すると向こうの二つの顔も、確かに何も無いですよね、と言わんばかりにコクコクと頷いて引っ込みました。

こちらも原因がわからないながら〝コンコンお化け〟の仕業ってことで、無視するか……、と私達も顔を引っ込めたのです。

その後も何度か窓ガラスからノック音が聞こえたのですが、どうせ正体はわからないのだからと無視を決め込んで放ったらかしにしました。

東京《とうきょう》に帰った後、しばらくしてから四人で集まった時のことです。

そっちの部屋にも聞こえたと思うけど、あの時の窓の音は何だったんだと思う？

などと私が漫画家の二人に感想を求めた時です。

何の話ですか？

ほら、あの時一緒に確認し合ったコンコンっていう窓を叩く音だよ。

それを聞いた二人が顔を見合わせるんです。

どうかした？

確かに木原さんの部屋の方からずっと窓を叩く音が聞こえてましたけど、確認し合ったって何ですか？

まさかっ!?

今度は私がマネージャーと顔を見合わせる番……。

だって音の原因を確かめるために二人とも顔を出したでしょ？　窓の外に？

……いいえ、私達は顔どころか一度も窓を開けてませんけど……窓を開閉する音は聞こえました？

いや……聞こえなかった……でも本当に？　間違いなく顔は出さなかったの!?

何でもなかった話が二人の証言で、一瞬にして怖くなったのです。

あの時……私は確かに二つの顔を見ました。それもこの二人の顔でした。勘違いではありません。付き合いの長い友達なんですから……。

ドンコ

東北《とうほく》のとある村で私は生まれ育ちました。

私、どういう訳か小さい頃から成長が遅い女の子で、なかなか背が伸びない代わりに……でもないのでしょうけど、横にばかり膨らんで、いつの間にか周りから名前で呼ばれずにドンコ……〝ドンコ〟というあだ名で呼ばれました。

ドンコとは、この地方でとれる魚で、鈍い子と書きます。

鱈《たら》に良く似た魚で美味《おい》しいんですよ？

お祖母《ばあ》ちゃんも小さい頃は、同じあだ名で呼ばれていたと聞きましたから、私はお祖母ちゃんに似たんでしょうね。

古い家だったからでしょうか……家の中での出来事ばかりでしたから、私自身がおかしかったのかもしれません。

家の中におかしな事が起こる……と意識したのは四つか五つの時だったと思います……。当時うちの家はお祖母ちゃんと両親、そして私の四人で暮らしていました。


ある日の夕方のこと、廊下をドタドタと走り回る子供の足音を聞いたんです。

えっ!? 誰? と、急いで廊下に出てみましたが誰もいません。

いえ、誰もいないというよりパッと音が消えてなくなったんです。

おかしいなと思いましたから、そのまま二階へ上がって確かめてみようかなと思いました。

廊下の奥にはお祖母ちゃんの部屋がありましたが、障子を開け閉めする音がしなかったので、他の行き先は階段しかありません。それで二階だろう……と思ったのです。

その階段の下まで行った時でした。

まるで私がそこまでやってくるのを待っていたかのように、突然ダダダダッと凄い音を立てて二階へ上がっていく子供の足が見えました。

……いえ正確に言うと、足だけしかなかったんです。

膝から上の体はなく、足以外は階段が見えるだけでした。

灯りのない暗い階段を二階に上がりきるまでちゃんと見ました。まるで雪みたいに真っ白な……お茶碗《ちゃわん》のような肌でした。

わぁ――――っ！

私は慌てて台所に行って、晩ご飯を作っている母に話をすると、そんな音なんかいつもしてるでしょ？　と素っ気《そっけ》なく返されたのです。

でも、足しか無かったよ。

と言い返した時でした。

その手がピタリと止まって、それ、お祖母ちゃんに話してらっしゃい、と言われたんです。

私は怖かったのですぐに奥の部屋にいるお祖母ちゃんの所に行きました。

そりゃもう、正体が知りたかったですから。

お祖母ちゃんは、うん、うん、と頷くように話を聞くと、

私の孫だねぇ。いい？　これから見たモノは全部お祖母ちゃんに話して。それからお父さんやお母さんには話さないこと。見たらなるべく早く教えてね、怖くはないから。

そう言うと私の両肩を埃《ほこり》でもとるかのように両手で払ってくれたんです。

ここからが始まりでした……。

母に言われた通り、一旦気になると足音はしょっちゅう聞こえました。

廊下の向こうからこっちに向かって来る途中で消えてなくなったり、階段を上り下りしたり

二階を歩き回ったり、襖の向こうを行き来したり……。

どれもいきなり現れて突然消えていくんです。

とはいえ毎日のように続くと、それはもう日常ですから、子供の足音には慣れっこになって耳に入っても何も感じない……それくらい意識をしなくなった頃でした。

ブ――ン、という小さく風を切るような音が聞こえてきたので、何だろうと目をやると部屋の中に竹とんぼが飛んでいて、そのまま廊下に出て行ったんです。

あれ？　と思って後を追うと、そんなものどこにも飛んでいません。

下に落ちるように出て行きましたから、廊下を出たすぐ先に落ちているはずなんです。

ですが、竹とんぼはなく、廊下に落っこちた音もしませんでした。

おかしいなぁと思っているとその先の階段の角から、足の時と同じ真っ白い子供の手がニュ――ッと肘《ひじ》まで出てきたんです。

誰を招き寄せているのか、ユラユラとおいでおいでをしています。

私からは真横に見えた手ですから、丁度正面の庭に向かって手招きをしているわけです。

怖くて立ちすくんでいると誰も来ないので諦めたのか、すっと後ろに引っ込みました。

どうしよう……。

もちろんお祖母ちゃんに報告しなくちゃと思ったのですが困ったことに、お祖母ちゃんの部屋は階段の前を通って行かなければならないんです。

仕方なく目を瞑《つむ》って走り抜けました。

しかしお祖母ちゃんは私が、こんなに凄いものを見た！　竹とんぼに手だよ!?　と必死に話してるのに、うん、うん、と首を縦に振るだけ。

話が終わると肩をパッパッと払うだけ。

そして、怖くはないからね、の一言。

子供の私には、そういうモノなのか？　と思うしかありませんでした。


ある日の夕方、というかおかしなモノを見るのはいつも夕方でしたが……。

よくよく思い出せば家に人はいるのに、何となく居間でポツンと私一人になった時ばかり。

いつものようにドタドタという足音。ですがもう慣れっこになってるのでチラリと目をやるだけ。

ところがこの日は、綺麗な風車を手にした真っ白いそれも素っ裸の男の子が階段に向かって廊下を通り過ぎて行ったのです。

その姿は、声にもならない驚きと怖さを私に与えました。

…………!!

私は怖くてどうしても体が動かなかったので、居間から大声でお祖母ちゃんを呼びました。

もう必死で。

お祖母ちゃんはこれまでのことがありましたから、その気配をすぐに察したらしく、急いで来てくれました。

私の様子がよほどおかしかったんでしょうね、居間に入って私を見るなり口にした言葉が、見たのかい？　でした。

私はただ、うん、とだけ頷くと、いつものように肩を払われて、
もうあんなのは見たくないよね？　……お前はスジがいいねぇ、私よりずっと早い。

そう言うと、背中をパシッと叩かれました。

これが効いたのか、その後は嘘のように姿を見なくなったんです。

ただ、二度程おかしなことがありました……。

一度目は、夜中にトイレの扉を開けたら、中からもの凄い突風が吹き出してきたことです。

舞い上がったちり紙が沢山吹き飛んで来て、私の体に貼り付くくらいの凄い風でした。

こんなのは怖いというよりはビックリしただけで終わりましたが、この後ちり紙を集めることが大変だったのを覚えています。

そして二度目は、たまたま階段の前を通った時に、竹とんぼと風車が仲良く並んで二階に上

って行くのを見たことでした。

妙なことばかり聞いていただきましたが、これらの話に終わりがやってきます。

十歳の時にお祖母ちゃんが亡くなったんですが、葬式が終わって三日後の晩、寝ている枕元にお祖母ちゃんが立っていたんです。

私を見つめながら困った顔をしていました。

そして……、

「どうする？　このままがいい？　それとも終わりにする？　お祖母ちゃんみたいになるのは嫌かい？」

と訊いてきたのです。

お祖母ちゃんみたいに、という意味が私にはわかりませんでした。

ですが、このままなのは嫌でした。

怖いから嫌だ!!　何とかして!!

………。

お祖母ちゃんはスッとしゃがんで私の手を握ると、今度はゆっくりと立ち上がったんです。

すると私の体からお祖母ちゃんと手を握った真っ白いもう一人の子供が抜け出てくるではあ

りませんか！

驚いている私を振り返ること無く、お祖母ちゃんは立ち去りながら、

「じゃ連れてくね」

と言って子供の手を握ったまま消えていなくなったのです。


それから私は、急に身長が伸び始めて、性格も変わって外に出て遊ぶようになり、運動も得意な女の子になったんです。

……ここまでお話を聞いて頂くと、私のお祖母ちゃんは一体何者だったのか？　と思われますよね。

ですが、両親に訊いても何も教えてはくれませんでした。

わかっていることと言えば、私が凄くお祖母ちゃん似だったということ、何かのスジが良かったこと、そして子供の時にドンコ、ドンコと呼ばれていたこと……でしょうか。

でも……もし夢枕に立ったお祖母ちゃんの言う「このままがいい？」に頷いていたら、私は現在、何をやっている人なんでしょうね……。

今でも後味が悪いです。

家庭教師

一九七三年頃の話ですから、もう随分昔のことですね。

学生運動騒ぎもほとんど収まりましたが依然、関西の大学キャンパスのあちこちにはベニヤ板に書かれたゲバ文字の看板が残り、集会や闘争を呼びかける学生をたまに見かける……そんな時代でした。

ある日のこと、キャンパスで先輩から突然声をかけられたんです。

お前、家庭教師のバイトやってみないか？

学生ですから懐は常にゲル貧《ピン》（※ゲルトピンチ＝お金が無いという意味）。お金は幾らだって欲しい状態でした。

はい！　やります！　と喜んで返事はしたものの、お金が欲しいのは先輩だって同じはず。

どうして僕なんかに？

と先輩に訊ねると、

俺は卒論の準備があるし、お前は真面目で成績優秀だろ。実はバイト先のお嬢さんは俺の親戚で、これまで俺が教えてたんだけど、卒論が忙しいので辞めると言ったところ、必ず誰か紹介してって凄く頼まれてね。その子は真面目で成績もいい子だから、このまま頑張れば志望校は大丈夫だよっていくら諭しても、誰か後任をお願いしますと言ってきかないんだ。バイト料は悪くないし、勉強もほとんど一人でやるからごくたまに訊かれたことを教えてあげるだけでいい。実に楽なもんなんだよ。俺なんか、勉強は彼女に任せっきりで、その後ろで呑気《のんき》にマンガを読んでるくらいだから。

そんなおいしい話を僕に？　条件が良すぎて気持ち悪いなぁ。

私の言葉がひっかかったらしく、先輩の顔が少し曇りました。

うん、その子はちょっと気持ちの悪いクセがあってね。独り言が多いんだ。……まぁ、ただそれを気にせずにいれば今話した通りだ。仕事は週三回、月水金の夜八時から十時まで。じゃ、任せるからな。引き継ぎは来週の月曜日、この場所で五時に合流して一緒に挨拶《あいさつ》に行こう。そうそう、履歴書、忘れるなよ。

そう言って先輩はゼミへと向かったのでした。

………。

あまりの勢いに、何となくわざと断る隙を与えないまま逃げ去ったように思えました。

月曜日、先輩に連れられてその親戚の女子高校生のいる家に行きました。築二、三年くらいの一戸建てで、新しいタイプの洋風の家。両親はとても穏やかというか朗らかな方々で、女子高生はノリコさんと言う名の明るく活発そうな子に見えました。

食事をご馳走《ちそう》になりながら、他愛《たわい》のない会話で時間を過ごして、次の水曜日から私が担当することでその日は無事に終わったのです。

水曜日。

家庭教師の初日でした。

玄関の中に入ると、奥から出て来て、宜《よろ》しくお願いしますと丁寧に頭を下げるお母さん。その後ろから出て来たノリコさん。

じゃ早速、と二人で二階にあるノリコさんの部屋へと上がっていったのですが、その時ほんの一瞬……あまりに一瞬なので勘違いだろうとその場で決め込んだのですが、二階の上がり口を裸足《はだし》の足首が横切って行ったように見えました。

先ほどもお話しした通り洋風の家なので家族全員、私も含めて靴下にスリッパを履いています。

それだけに、上がっている途中で見た、二階の素足がおかしく思えたのです。

いえ、あまりにおかしいからこそ、勘違いだと決めつけたんですけどね……。

ドアを開けて、さぁどうぞ、と彼女に入れてもらった部屋は、眩しいばかりに綺麗に整理されていました。

うわぁ……。

東南にはベランダに出られるガラス戸。部屋中に太陽の光が降り注ぐ……当時としては珍しいフローリングの八畳間。

私の下宿は玄関脇の四畳半でしたから、それはもうこの世のものとは思えない御殿のようでした。

自分の生活空間より広い勉強部屋ですからね。

いざ始まってみると、先輩の話は本当でした。

本人が机に向かって勉強するので、わからないところがあったら教える。従って、訊いてこない限り私は彼女の後ろの椅子《いす》に座って本でも読んでいれば大丈夫、というものだったのです。

これでお金をもらうのは犯罪だな……。

一時間ほど経った頃でしょうか、すぐ後ろからスッと襖の開くような音がしたんです。

私の下宿の押し入れの開閉音と同じでしたから、間違いようがありません。

えっ?

と思わず振り返りました。だって後ろはドアでしたからね。

もちろん振り返ったそこには閉まったままのドアしかありません。

そこへ、先生、気にしないで下さい、とノリコさんの声。

えっ? 先生、今の聞こえたんですか?

聞こえたって、襖の音?

すると彼女は机から振り返って私の顔を見たんです。

……あの、先生。ずっと私だけだと思っていました。これまで三人の先生に教えてもらいましたけど、何も聞こえないらしくて……。先生が初めてです。だったらこれから色々と聞こえると思いますけど、気にしないで下さい。

そう言うとまた机に向かって勉強を始めたんです。

……えっ? どういうこと?

何が何やらさっぱりわかりませんが、彼女は答えてくれなかったので、ふと先輩の言葉を思い出したんです。

彼女の独り言は気にするな。

独り言……?

それから十五分ほどしてからでしょうか、再びスッと襖の開く音がしたかと思うとピシャッと閉まって、床から畳を雑巾掛けするようなシュッシュッシュッシュッという音がし始めたのです。

なんだこの音……。

自分のいる場所はフローリングですから、いえそれ以前に音を出すモノなんかありません。

まるでその驚きを読み取ったかのように、

先生……気にしないで！

とまたノリコさんが言います。

いや流石《さすが》に気になるでしょう。

襖の音だけならともかく、部屋の中にずっと拭き掃除の音が動き回っているんですから。

ノリコちゃん、これ何？　何の音？

そっか、先生には聞こえるんですもんね……聞いてもらえます？

と言って、こんな話をし始めました。

新築のこの家に引っ越してから彼女の部屋だけに、誰かが……おそらく小学生くらいの女の子が掃除に入って来るのだという。

ところが姿は見えず、音や気配しか感じない。気にしないようにしていると、そのうち子供の……女の子の声が話しかけてくるようになったので、意を決してお父さんやお母さんに訴えた。

ところが、気のせいだから……と言うだけ。

一緒にいたらわかるから部屋にいて、とお母さんに頼んでみても聞こえるのも感じるのも彼女だけ。

お母さんは、ほら何もないじゃないの！　と全く相手にしてくれなくなった。

ところが怖いこの部屋で過ごすために友人を招いているうちに、八時から十時の時間帯に家族以外の人が入ると、翌日は現れないということがわかった。

だから誰かに部屋に入ってもらうために、家庭教師を頼んで！　と両親にお願いした……。

聞いたからといってそのまま鵜呑《うの》みできる話ではありませんが、確かに今も音が聞こえます。

……あれ？

私はふと疑問に思ったことを、ノリコちゃんに訊ねてみました。

月水金に家庭教師に入れば、火木土は何もないということだよね……じゃ日曜日はどうしてるの？

彼女の顔色がサッと変わりました。

だから日曜日が一番怖いんです！　出るんです！　いきなり見窄《みすぼ》らしい着物を着て前掛けをした女の子が！

見窄らしいと聞いた時、ふとさっき階段で見た足首を思い浮かべました。

勘違いの理由にもしていましたが、よくよく考えたら、足首だけが見えてそこから上が見えないなんていうことがあるはずがありません。

ノリコちゃん、その子……裸足だよね……？

そうです！　先生、見たんですか？　いつ？　どこで？

この時の顔つきが驚いたというそれではなく、やっと理解者と出会ったと言いたげな満面の笑みだったのです。

私にはその表情から、彼女の言葉に嘘は無いとわかりましたが、同時にとんでもなく気味が悪くなりました。

さっき、階段で見たよ……。それで？　日曜は？

階段で？　私は部屋でしか……。あっ、日曜はいつ出るかわからないんです。もしかして……友達に見えたら大変だから家には呼べないし、友達の家や外に出かけてばかりいられないから……。

そこへ丁度、休憩の時間になったらしく、ノックの音がしてお茶とケーキを持ったお母さんが入ってきました。

初日のことでしたから、二人で明るく話している姿が……もっとも私は笑っていませんでしたが、とても安心できる雰囲気に見えたのでしょう。

あらノリコ、いい先生に来て頂いたみたいね。良かった。じゃ先生、引き続き宜しくお願いしますね。

と、嬉しそうに出て行ったのです。

初日はここまででしたが、次の金曜日。

またも勉強の最中に襖の開け閉めの音。次には天井あたりからパタパタとハタキをかける音。しばらく静かになったかと思うとまた襖の開閉音がして拭き掃除の音……。

私にわかったことは、部屋中を掃除して回る音がこれだけ近くで聞こえたら、そりゃ集中出来ないな……ということだけ。原因などさっぱりです。

しかし、彼女が我慢出来るのに私が音《ね》を上げるわけにはいきません……が。

ノリコちゃん、これは大変だね。

掃除の音の最中、そう声をかけると彼女は、先生！　心強いです。勉強頑張れます！

私もどうかしていますね。わずか二回目にして生徒と教師の絆《きずな》が出来た事に嬉しくなったのですから……。

掃除をするような音だけなんだから慣れてしまえば大丈夫だ。ここで俺がしっかりしなくてどうする！　と自分に言い聞かせたその時です。

「旦那様、これで宜しいでしょうか？」

という小さな声が部屋に響いたのです。

えっ!?

私が呆気《あっけ》にとられていると、

「旦那様、これで宜しいでしょうか？」

振り返ったノリコちゃんの顔が曇っています。

……聞こえました？　たまにこんな声が聞こえるんです……。言いそびれててごめんなさい……。

とそこへまた、

「旦那様、これで宜しいでしょうか？」

咄嗟《とっさ》のひらめきで、私はその声に、

あぁ、よろしい。ご苦労さん。

と返したのです。

驚きました。一瞬で気配が消えて、部屋の空気が軽くなりましたから。

先生凄い！　今までこの声が何回も続いたのに。……そうか、いろいろ聞こえても返答してあげればいいんですね。

と彼女は喜んでいます。

いろいろ……って……、ノリコちゃん、他の言葉も聞こえるの？

……申し訳ございませんでした、とか、よろしゅうございますか？　とか……聞こえるんです……。

これはエラい家に家庭教師に来たものだと改めて思いました。

先輩は何も聞こえず、わからなかったからこそ続いたんですよね。

こんなおかしなことで役に立てて良かったという気持ちにはなれませんでしたけど……。

通いはじめて最初の日曜日の昼過ぎです。

私は喫茶店でコーヒーを飲みながら本を読んでいたのですが、あたりが暗くなるにつれてフッとノリコちゃんがどうなっているのか気になりました。

最初のうちは掃除の音、やがて声が聞こえるようになって、聞いた通りなら日曜日が一番大変だとか……。日曜日は姿を現すんだっけ、見窄らしい女の子が……。でもこれまでずっとやり過ごしてきたんだから、大変といっても乗り越えられないほどのことでもないよな……。しかし、現れたら……どうなるんだっけか？

私の頭の中は心配と好奇心が交互に駆け巡ったのです。

ええい、悩んでいるくらいならば！

それで近くを通りかかったとか、家庭教師は最初の一週目が大事とかなんとか言って、彼女の家を訪ねてみることにしました。

夜の七時、休日に申し訳ないと思いながらも玄関のチャイムを押すと、驚き顔のご両親が招き入れて下さいました。

もちろん最も喜んだのはノリコちゃん。

丁度良かった、これから食事なのでご一緒にいかがですか？

しまった。悪いことをした。これでは食事狙いと変わらない……。

私は決まった時間に夕食を食べるわけではなかったので、気が回らなかった自分に少し恥ずかしくなりました。

とはいえ後の祭。案内されるまま食卓をご一緒させて頂きましたが、これが実に奇妙な光景に映りました。

日曜は彼女が怖い思いをしながら頑張っているというのに、両親には何の心配の素振《そぶ》りもないんです。

まさにそれは彼女の言っていた通りでした。

食後、お茶もそこそこに彼女が立ち上がると、

先生ちょっと教えて欲しい所があるんですけど……。

彼女は、自分を心配して私が訪ねてきたのだと気付いていたわけですね。

先生……見ていて下さいね……。

部屋に入ってこれまでと同じように彼女が机についた時でした。

えっ⁉

なんと部屋の真ん中、私のすぐ横に、いきなり平伏しておでこを床にすりつけるような格好の女の子が仄《ほの》かに、薄《うっす》らと姿を現したのです。

紛れも無い、人そのもの。

顔こそ見えませんが、厚手の見窄らしい縦縞《たてじま》の着物を着た十二歳くらいの女の子。彼女が言

っていた通りです。

ピクリとも動かず、ただただ頭を下げているだけ……。

手入れもされず、お団子に結い上げられた髪が何となくこの子の不幸な境遇を表しているようで、怖い……というより可哀想《かわいそう》で見ていられません。

この子が声を出しさえすれば答え返すことも出来ますが、ただ頭を下げられているだけではどうしようもありません。

ノリコちゃん、この子、ずっといるの？

その声を聞いて振り返った彼女は顔を歪《ゆが》ませながら、……日曜日は……出たらずっとこうなんです。このまま消えるまで過ごしてるんです。だってどうしようもないんだもん。

その目に涙が浮かんでいます。

私もどうしていいかわかりません。

……いや、ひょっとして……。

金曜日のことを思い出して声をかけたのです。

もういいから下がりなさい。

何と！　この言葉で仄かな女の子はゆっくりと姿を消しました。

そうか……声をかけるべき言葉があるんだ……。

ノリコちゃん、これからは我慢しなくていいんだ。奥様にでもなったつもりで労《いたわ》ってあげればいいんだ。そしたらこうやって消えるんだよ。

彼女はただただ黙って、うんうんと頷いていました。

これがきっかけで嘘のように問題解決。

勉強に集中できるようになったからか、彼女の成績もぐんぐんと上がり、やがて志望校に合格してくれました。

ほとんど何もやっていない家庭教師の私でしたが、面目躍如《めんもくやくじょ》ってところです。

そもそもの彼女の勉強への集中力は、大学生になってこの部屋から出るためだったのです。

それは勉強に必死になりますわね。

その後ですか？　さて……とっくに結婚してあの部屋に戻ることがないようにしている気がします。

お誕生日会

私が女子大生の時でした。

仲の良い六人の友達同士でお誕生日会をしましょうよ、ということになったんです。

この六人組のうちの二人がたまたま同じ十月十四日生まれだったので、一緒に祝いましょうよ、と盛り上がったからでした。

場所は、誕生日の子の部屋。

料理は全員持ち寄りで、後はお酒を買って来る係、ケーキを持って来る係、お花を用意する係と、それぞれに分担して六時に集合ということになりました。


私が駅を降りて友達の家に向かっていると、前を歩いていた沢山の人達がそれぞれに角を曲がったり道を渡ったりして数が減っていきます。

そして見通しが良くなった先に、友達のユウコちゃんの後ろ姿が見えたんです。

あれ？

前を行く彼女はお花を抱えるように左手で持ち、右手には小さなケーキの袋がぶら下げられているんです。

花も持ってるし……ユウコちゃんはケーキ係じゃないよね……。

たいしたことではありませんが、友達の部屋でお誕生日会をやるのも料理の持ち寄りも係を決めたのも、割り勘にして各個人のお金の負担を最小限にするためだったので、そのユウコちゃんのケーキがとても気になりました。

とはいえ私は深く考えずに、わーい、ケーキが増えた！　と喜んで、彼女の後ろから友達の部屋へと向かったんです。


歩きながら抱えているお花を持ち直して、ふとユウコちゃんを見た時でした。

いつ現れたのか、茶色のフロックコートを着た中学生くらいに見える女の子が彼女の後ろにピタリと貼り付くように歩いているんです。

真っ白のハイソックスがとても印象的に見えました。

しかしいくらなんでも冬でもなければ寒くもないこの時期に、フード付きのフロックコートを着ているなんて……暑くないのかなぁ……？　それにユウコちゃんはユウコちゃんで、あんなに真後ろを歩かれたら普通は気配を感じて気付かない？　と思いながらその後ろから付いていきました。

ともかくユウコちゃんは振り返る事もなく黙々と友達の家を目指して歩いています。

私が驚いたのはすぐ後でした。

友達のアパートの敷地にユウコちゃんが入っていくと、なんとその中学生の女の子も後を付いていくんです。

えっ？　同じアパートの子？　偶然？

私はちょっと小走りに後を追うと、なんとその子は彼女と一緒に玄関へと入っていくんですよ！

あの子は誰？　妹さんか何か？

私は勢いのまま友達の部屋に入って、更に驚きました。

たった今、入ったばかりのフロックコートの女の子がいないんです。

既に来ていた友達からは、ご苦労様、とか、早かったわね、とか声をかけられましたが、これに返事をするどころではありません。

振り返って玄関を見ると、女子大生らしい靴しか並んでなくて、中学生が履いているような靴もないんです。

しかも靴の数は人数分しかありません。

部屋を再度見回しても、茶色のフロックコートがありませんから、私が見た中学生の女の子なんてどこにもいなかったとしか言いようのない状態なんです。

周りの友達はせっせとお誕生日会の準備をしていますから、お花を抱えたまま呆然と立っている私はさぞおかしく映ったと思います。

そこへ当のユウコちゃんから、同じ電車だったんだ。私も今着いたばかりよ……どうしたの？　ビックリしたような顔して。さっ、お花、お花。早く飾りましょ。彼女からの言葉でようやく我に返ったのですが、普段通りの彼女の様子から見て、さっきの子に全く気付いていなかったと知りました。

お誕生日会で食事もほどほどに進んだ頃、ねえ、ケーキにしよっか？　と誰かが呟きました。

ケーキ係が奥へと消えたと同時に、部屋の電気が消されて、そこへローソクに火が点いたケーキが入場。

大拍手の中、テーブルの上に置かれたケーキの写真を急いで撮って、お誕生日の二人が一気に息を吹きかけて火を消したのです。

部屋の灯りが点けられると、二つのケーキの上に載せられたプレートに、十月十四日が誕生日の二人の名前が書かれています。

さぁ食べよう、切ろっか、

と声が上がった時でした。

ちょっと待って、良かったら……これも一緒に食べてくれる？

と言ってユウコちゃんがおずおずと小さなケーキの箱を出してテーブルに置いたんです。

蓋《ふた》を開けられた箱の中から出て来たのは、他の二つよりはずっと小振りでしたが見るからにバースデーケーキ。

でもその上にはチョコレートで名前の書かれたプレートは載せられていません。

何これ？　わざわざ買って来なくても良かったのに。どうしたの？

しかし彼女はただ俯《うつむ》いて小さく笑うだけで、照れているようにも困っているようにも見えました。

お誕生日会の終わった帰り道。

五人揃って部屋を出たのですが、私はここに来る時に見たフロックコートの女の子がどうしても頭から離れなかったので、みんなから離れて一番後ろを歩いてみたのです。

すると前を行くユウコちゃんの体から分かれて出て来たかのように、またあの女の子が……白いハイソックスの子が姿を現しました。

しかし今度は来た時と違って、ユウコちゃんの後ろではなく、ほぼ真横に並ぶように仲良く歩いているのです。

それでも隣の彼女は、いいえ他の誰もが全く気付いていないように見えます。

驚いたのはそれだけではありません。

街灯や明るい光の側を通ると、女の子の姿が薄くなるんです。光にかき消されるように……。そして暗い所に行くと、また姿がはっきり見える……。

すぐ側を車が通った時など、ヘッドライトで体の縦半分が消えたり現れたり……。信じられない光景でした。

いえひょっとしたら、来た時もそうだったのかもしれませんが、夜になって暗さが増したお陰でよくわかるようになったのです。

中学生くらいの女の子……名前のプレートのないバースデーケーキ……ひょっとして彼女には亡くなった妹さんがいて、その子のお誕生日も十月十四日だったのかもしれない……。

しかしそうは思っても直接本人に訊くべきかどうか……。

どうしようかと考えながら駅近くまで来ると、もう周りの明るい光のせいか、その子の姿がほとんど見えなくなっていました。

とその時。

その子が私を振り返りぺこりと頭を下げると、完全に消えていなくなったのです。

まるで……ユウコ姉ちゃんをこれからもよろしくと言われたように思えました。

後日、ユウコちゃんと二人きりになった時を狙ってこの日の話をし始めると、茶色いフロックコートの女の子が……と聞いただけで彼女は少し驚いた顔をして、涙を流しながら私の話に耳を傾けてくれたんです。

思った通り、亡くなった妹さんでした。

来年は妹さんの名前の入ったケーキを持って行こうよ、と言うと、うん、うん、ありがとう、とユウコちゃんは涙ながらに私の手を握ったのです。

帰ってこないで

私が女子大に入学する一年前の話です。

少しおかしな言い方をしていますが、実は私、一年の浪人生活を経て大学に入ったんです。

家は、父と母との三人暮らし。ごく普通の一般家庭と言えばいいでしょうか……。

だからといってはなんですが、会社勤めをしている父から、女の子が浪人？　みっともないじゃないか？　志望校でなくたっていいだろ、と散々言われました。

確かに私の友人達も、浪人するくらいなら就職した方が良いという声が多かったのも事実です。

ですが、私の頑固な性格からどうしても目指した大学でなければ嫌だと譲れなかったのです。

味方になってくれたのは母だけ。

いいえ、疑い深かった私は、その母の心も信じられませんでした。

どんなに母がかばってくれても応援してくれても、家の中で両親揃って反対しようものならこの子の行き場がなくなる……だからあえて敵味方に分かれて私の関心を引こうという出来芝居だとしか思えなかったのです。

この浪人問題で、元々家庭内での会話があまりなかった父から、私の心は完全に離れてしまいました。

それでも父は自分に正直な言葉を私にぶつけてくれたと思うのです。

優しい声を掛けて味方になってくれた母に対しては、その言葉が本心からかどうかわからず、かえって空々しく感じて嫌悪感を覚えるまでになってしまいました。

結局私はアルバイトをしながら予備校に通う道を選択、そのために家族で顔を合わせることすらほとんど無くなり、家族関係は完全に冷え込んでしまったのです。

もちろん、予備校のお金は両親が出してくれると言ってはくれました……しかし、全額なんて私のプライドが許しません。

私も出すから！　残りは借りるだけ、大学に入ったらアルバイトをして全額返します！

もちろん本心からの言葉です。

私が意地を張って家の中で目にする全てを否定的に見るようになりましたから、何もかもが気に食わなくなります。

だから父も母も、こんな娘の事などどうでもいい、邪魔者扱いしておけばそのうち折れるだろう、嫌ならここにいなければいいのに……そんな目で私を見ているに違いない……。

そう感じ取ってしまうので、家での勉強はちっとも集中できません。

なんとかしなければと思った私は、勉強のほとんどを図書館や喫茶店や予備校で仲良くなった友達の家でやるようになり、家に帰るのは寝る時と食事の時だけ……なかなか眠りにつけず、食べても味のしないご飯……そんな毎日。

私の生活リズムは、嫌っているサラリーマンの父そのものでした。


十二月の中旬も過ぎた頃だったと思います。

世の中は……街中の光景はクリスマス一色。

その浮かれた空気が嫌で嫌で仕方がありません。

私の頭の中に〝クリスマス＝家族団欒《だんらん》〟というイメージが焼き付いていて、周りの何もかもが、目に入り耳にする度に心を苛立《いらだ》たせたのです。

これだけたくさんの人がクリスマスを家族と楽しんでいる……と思えて仕方ありませんでした……。

それで余計家に帰る気持ちがなくなり、私はこれまで以上に友達の家を渡り歩いたり、ファミレスやマンガ喫茶などで過ごしたりしていましたから、見かけ上は家出状態もいいところでした。

もちろん家に連絡なんか入れません。携帯は持っていましたがメールも電話も着信拒否……。

荒《すさ》んだ私の心は、大学に合格するまで家族扱いは結構です！　と自分の方から拒否していたのです。

クリスマスイブを控えた週末のことです。

今夜くらいは勉強を忘れて一足早くイブの気分で騒ごうよ！

と予備校の友達から誘われました。

全員が全員それどころではないからこそ、五月蠅《うるさ》く言われる家族から離れて気晴らしをしたかったんだと思いますし、もちろん私もその一人でしたから、喜んで友達に付き合いました。

繰り出したのは渋谷《しぶや》のセンター街。

ほとんど思いつきのようなものだったので、お店の予約なんかとっていません。おまけに多人数。人ごみの中、みんなで店を探してウロウロ歩いている時でした。

あれ？　まさか……。

ふと前を見ると、その人ごみに揉《も》まれながら道に迷っているかのようにオロオロする母の姿が目に飛び込んできたのです。

お！　お母さん!?

もちろん声には出しませんでした。勉強のために家に帰っていない私が、友達と一緒に騒ぎながら渋谷の繁華街にいると知れたら大変です。

それにしても何でこんな所にいきなり？　私をわざわざ探しに来たってわけ？　バカじゃないの!?

呆《あき》れて嫌気が差した私は友達に、あっちの方に探しに行こうよ！　と適当な方向を指差しました。

こっちに来れば母に見つからない……というその場の思いつきで。ところが……。

えっ!?　嘘でしょ？

目の前の人ごみに、また母の姿を見つけたのです！

…………。

正直これには驚いて、その場から動けなくなりました。

私の方が先に母を見つけて場所を変えたのです。こんなたくさんの人で身動きすらままならない中を、それもさっきとは別の道に先回りすることなんか出来るはずがないのです。

……ど、どうして？

さっきは見つかりたくなくてすぐに顔を背けましたが、あまりの驚きで周りの人の姿など消えて母の姿だけが目に焼き付きました。

髪をバサバサにして顔は真っ赤、しかもこの寒さだというのにパジャマの上からベストのようなものを羽織ってオロオロ……してるんです。

カ――――ッと頭に血が昇りました。

その姿があまりにみっともなくて、自分が恥ずかしくなり、私の何かが一瞬で沸点に達したのです。

昇った血とは逆に頭の中が真っ白になって、とにかくこんな姿の母を友達には見られたくない！

……いえそれ以上に場所も何も考えず、なりふり構わない母の姿に腹が立ちすぎたからかもしれません。

とにかく大声が先に出ました。

ちょっとお母さん！　こんな所で何やってるの!?　さっさと家に帰って！　私帰らないからね!!

この声で気がついたんでしょう……ハッとした顔になった母が私を見つけて、人を掻き分けながら私の前まで来たんです。

その目までが真っ赤に腫れていました。

「帰ってこないで」

辺りの喧騒《けんそう》が耳から消えてなくなる一瞬でした。

えっ？　と訊き返すと、

「帰ってこないで！」

と更に大きな声で怒鳴ったんです。

何それ⁉

まさか、帰って来るなと言われるとは思ってもいませんでした。

本当は帰ってきて欲しくて来たくせに‼

「帰ってこないで‼」

驚きと、どうして？　という疑問でいっぺんに冷静さを取り戻した時には、目の前から母が消えていなくなってしまいました。

いいえ、消えるわけはありませんから、きっと意外な一言が私の心に一瞬ポッカリと穴を空けて……その間に周囲の雑踏にまぎれて見失ったんだと決め込んだんです。

………。

そこへ友達から訊ねられました。

ちょっと、誰に向かって大声を上げたの？

誰って……。えっ？

他の友達からも同じように声を掛けられましたが、まさか自分の母がいたなどと話せるはずもないので言葉に詰まってしまいました。

その場を誤魔化さなければと、適当な理由を考えれば考えるほど目に焼きついた母の姿が気になって仕方ありません。

だって……こんなおかしな事があるでしょうか？

こんな寒空の渋谷でパジャマ姿……それもまるで家の中にでもいるように化粧すらしていない母が、私を探して……そもそも私が渋谷にいるなんて知ってるはずがないんですから。

お母さん……。

嫌な予感がしました。

いえ予感以上に、帰ってこないで、という言葉と姿の全部が重なって心がざわめき出したのです。

ごめん！　悪い！　今日帰る！

その言葉だけ残して、私は友達と別れると渋谷のセンター街を後にしたのです。


帰宅して驚きました。

父と母が布団を敷いて、顔を真っ赤にして寝ているのです。

インフルエンザでした。

話を聞くと、父が最初にインフルエンザで倒れ、看病していた母も同じようにインフルエンザにかかり、自分も辛いというのに父の世話をしていたという事でした。

こんな時に、母は受験勉強で頑張っている娘が帰ってきてはインフルエンザを移してしまう……更には友達にまで移してしまっては大変……家にいないのならこのまま帰ってこずにクリスマスが過ぎるまで外でご厄介になっていて欲しい、と考えていたそうです。

呆然としている私に母は、
勉強が大変なんでしょ？　インフルエンザが怖いから今すぐ家を出なさい。後でお礼して回るから今だけは他所《よそ》ですごして……ね。

高い熱の中で絞り出した震える力のない声でした。

いいの！　移ってもいいから看病させて！

私の看病のお陰とはいいませんが、父も母もやがて回復。入れ替わるように私はインフルエンザで寝込んでしまいました。

しかしこのインフルエンザのお陰で、家族の絆を取り戻すことが出来たのです。

それにも増して本当に母は私の味方だったんだ……。そう強く思えました。


結局……志望の大学には合格できませんでしたが、第二志望には無事合格。

心の整理がついてしまうと、あの時闇雲に突っ張っていただけの自分をちょっと恥ずかしく思います。

母から、その直後はもちろん、毎年クリスマス近くになると、ねぇどうしてあの時帰ってきたの？　連絡したわけでもないのに？　と訊かれました。

訊きたいのはこちらも同じ……。

もちろん今も渋谷のセンター街で出会った私だけのあの事件は話していません。

時が経てば経つほど私だけの『クリスマス・キャロル』みたいで、そっとしまっておきたいと思うんです。

知らせ

私の母は、とても面倒見《めんどうみ》のいい人でした。

ええその通りです、もう亡くなって随分になります。

小さい頃から面倒見の良かった母に、私は随分恥ずかしい思いをさせられました。

今考えればとても良い行いで、なかなか真似の出来ないことなんですけどね……。

どういうわけだか私の母は家の無い貧しい人を放っておくことが出来なくて、私と一緒に買い物に出かけていても道でゴミ箱を覗いている人を見かけた途端に急いで近寄って、ちょっとここで待っていてください、と声を掛けて私の手を引っ張るようにして家に帰るんです。

何をするかというと、おにぎりを作って渡すんですよ。

天気のいい日曜日に、ちょっと離れた高速道路の橋桁《はしげた》の下にまで行っておにぎりを一緒に届けるということもありました。

ですので、うちは父と母と私の三人暮らしだというのに炊飯器は一升炊きなんです。

他の台所の道具に比べてびっくりするくらい炊飯器が大きいので、遊びに来た友達が必ずこれに驚いたのをよく覚えています。

でも、小学生の私にとってこのホームレスを見つけては声を掛けて歩く母が恥ずかしくて仕方ありませんでした。

何らかの形で必ず私に手伝わせたからです。

例えばおにぎりの一個はあなたが結びなさいだとか、相手に渡すのはあなたの係よ……と。

そんな姿を友達に見られることも多く、笑われたりバカにされたり目の前で露骨にヒソヒソ話をされたりして私にとってはいい迷惑でした。

それでも母は出かける時に必ず私に一緒に行こうと声を掛けるんです。

えーっ!?　また？　……と嫌がる私のことなどお構いなし。

ある雨の降った日のことでした。

家に帰るなり、おにぎりを結んで予備の傘まで持ち出したんです。

これまでの思いもありましたから、何もそこまですることないじゃないの？　それなら私、行かない！　と初めて大声で反抗しました。

その時母は怒るどころか、どうしてそんな事を言うの？　という悲しそうな表情を浮かべて、お願い！　一緒に付いて来て！　と言ってペコリと頭を下げたのです。

もうこうなると母の勝ちですね。

決して悪いことでなく、良いことをやっているとわかっているので逆らえませんでした。

それで雨の中を一緒に出かけたんです。

さっきの買い物の帰りに見かけたんでしょう、行き先には骨が折れて半分ほどしか開いていない傘を持ったおじさんがトボトボと歩いていました。

はい、ここからはあなたの仕事。お願いね。

そう言って母から傘とおにぎりを手渡されて、仕方なく私はそのおじさんの前に立つと、どうぞ、と他の言葉も出せずに差し出したんです。

おじさんは何も言わず、ただ振り返って母の顔を見ると軽く会釈《えしゃく》をして私から傘とおにぎりを手にしましたが、傘を開かずにその場を去って行きました。

………。

もらった傘を使わず……ボロボロの傘をさしたまま立ち去って行くおじさんの後ろ姿が……訳もわからず私の心に強い〝何か〟を残しました。

このような出来事が続いたので、これはただの同情心や親切心からじゃないのかもしれない……。そう思い続けた私はある日、何か理由があるの？　と訊いたんです。

意外に母はあっさりとこんな話をしてくれました。


母には十歳ほど年の離れたお兄さんがいて、そのお兄さんが大学生の時に親と大喧嘩をして家を出て行ったきりずっと行方不明のまま……。

やがて成人した母は、今の父と結婚をして私が誕生した頃に、ふと仕事も家も無く行き場を失って路頭に迷っているお兄さんの姿が思い浮かんだというのです。

それで、出会うかどうかもわからないけど、今日お助けする人がどこかでお兄さんと繋がっていて欲しい……そう願って、こんなことを始めたと教えてくれたんです。

じゃ私は何のために手伝ってるの？

と思わず口走ってしまいました。

………。

母はしばらく黙ると、私が生きている間に繋がるとは限らないでしょ？　いつかは終わるの。でも理由があってこんなことをやっているお母さんでは無理かもしれない。関係がないのにやっているあなただったらいつか繋がって助けてくれそうに思うのよ。

と返されたのです。

つまり……伯父さんのためよね……。

叶《かな》わない夢のような話でしたが、母に無理矢理付き合わされているという考え方が少しやわらいだ気になりました。

だって母が思うほど関係ないってことでもありませんから。


ある晩のことです。

「火事です。火事です。起きて下さい」

という男の人の声で目が覚めました。

え？　火事？

と訳もわからず起き上がると、隣に母がいません。

布団がもぬけの殻なんです。

その向こうで起きたばかりの父もビックリとした顔をしています。

部屋には既に焦げ臭い煙が漂ってました。

慌てて廊下に出ると、真っ暗なトイレの前に母が立っていて、その向こう側にある台所から白い煙が上っています。

お前、何やってるんだ！

と父が怒鳴ってそのまま台所へ走っていきました。

私が母の側に寄ると、母はポロポロと涙を流しているのです。

私も火事で気が動転していましたが、
何やってるの、お母さん！　早く火を消さなきゃ！

と、引っ張るようにして台所に連れて行ったんです。

そこでは既に父が火を消した後でした。

冷蔵庫のコンセントが外れかかっていて、そこに埃が積もったか何かでショートしたらしく、壁には大きな黒い煤《すす》が付いていました。

昔は夜目が利いたんですね、電気を点けることもなく暗いままの出来事だったのに、まるで灯りが点いていてはっきり見ていたように覚えてるんですから……。

とにかく、家が大事に至ることはありませんでした。

灯りを点けてやれやれ助かったと思った時に話に出たのが、あの声は誰なんだ？　ということです。

しかし覚えているのはとても落ち着いて丁寧な物言いの男の人の声ということだけで、何もわかりません。

そこへこれまで黙って泣いていた母に、父がこう訊ねたんです。

お前は先に起きていたくせに、何をやってたんだ？　さっさと消さなきゃ危なかっただろ？

母は涙が止まらないまま、嗚咽《おえつ》混じりにポツポツとこう話しました。


寝ていると……肩を揺すられたような気がしたの。それで目が覚めたけど誰もいなかったから、夢にでも起こされたと思って……。だったらついでにトイレを済ませておきましょうとトイレの扉を開けたら……真っ暗なトイレから、

「ありがとうございます、ご恩を返しに参りました」

という知らない男の人の声が聞こえたの……。私、訳がわからなくなって……涙がこぼれだして……動けなくなって……。ごめんなさい。


その母が亡くなって、二年か三年程たった頃です。

夢枕にニコニコと笑った母が現れました。

その隣には、初めて見た全然知らない男の人。

お母さん？　その人誰？

と声を掛けると、母はただ黙って深々と頭を下げ、隣の男の人は軽く会釈をして消えていなくなったのです。

ちょっと待って！

声を上げて目を覚ますと、私は既に布団から起き上がった格好のままでした。

母は向こうで実のお兄さんと会えたんですね。きっと。

指輪

うちは代々信心深い家で、男たるもの仏壇の前で経の一つも唱えられないとは何事、という感じで育てられてきました。

ですので、もちろん私も……。

祖父は戦後、会社勤めを始めて営業一筋。軍属だったことが関係してか、日本中の誰もが電化製品や電気産業などと口にし始める高度成長期以前から〝エレクトロニクス産業〟という言葉を使って、まだ海外渡航が難しかった時代に遠く外国にも営業へ行ったと聞いています。

父も会社員で、これまた営業一筋。流通関係の仕事でしたので、祖父と同じように出張の多い毎日でした。

そして私。まるで流れでもあるかのように配属されたのが営業。

見た目上、三代続いた会社員の営業一家ということになりますか……。

営業に配属されると決まった日、父に報告をすると、だったらこれを常に鞄《かばん》の中に入れておけ、と言ってお数珠を私に手渡したのです。

これは？

と訊ねると、亡くなった祖父が使っていたものだと教えてくれました。

話によると祖父も常に持ち歩き、父も持たされていたそうです。

どうして？　と理由を訊ねても、うちは代々信心深い家だからとか、営業であちこち行くだろ？　お数珠が役に立つ時が必ずあるからだとか……。とにかく持っていればいいのだ！　との一点張りで肝心な理由のことは何も話してはくれませんでした。

とはいえ、ありがたいお数珠な上に祖父の使っていた物を渡されて返す事も出来ませんから、言われた通り愛用の鞄の中にそっと入れておきました。

このお数珠が役に立った時のお話をします。

私が出張でとある地方のビジネスホテルに泊まった時のことでした。

昼間の疲れでぐっすり眠っているとバシッと額《ひたい》に何か小さなモノを叩き付けられたんです。

天井から落ちてきた何かが当たった……なんて生易しい痛みではありません。

これがまた痛いことは痛かったんですが、その痛みの元が小さいくせに、額に当たってどこかに飛んでいったというのではなく、痛みと共に額に喰い込んだかのように感じたんです。

もちろんすぐに目を覚まして額に手をやりました。

ところがどこを触っても何もありません。

なのに気のせいでは片付けられないほどの残留感と痛みがあるんです。

何も無いなら、やっぱり当たってどこかに飛んでいったのか？　とベッドから起きて灯りを点けたんですが、周りには何も落ちていません。

そりゃ落ちてないか……額にくっ付いたままの感じがするもんな……。

などと思いましたが、実際に何もないのもわかっています。

こんなに痛むんだから、とりあえず持ち歩いている軟膏《なんこう》でも塗ろうかと、クローゼットに仕舞ってある鞄の中から薬袋を取り出しました。

アザの様子も見ないと……とバスルームで鏡の中の顔を見てビックリ仰天《ぎょうてん》！　なんじゃこりゃ!?　です。

なんと自分の額に、おでこの真ん中にですよ！　ダイヤモンドの指輪が貼り付いているんです。

まさか!?　と触ってみても何もありません。

そうだよな……あるわけがない……。

そして手を離すと、もうそこには指輪などなく、赤く丸い跡だけが残っていました。

なんだこれ？　まるで仏様の額じゃないか……。

ズキズキと痛む赤い輪にとりあえず軟膏を塗ってから、薬袋を鞄に仕舞い、さぁ寝ようとベッドを見た瞬間でした。

スッと部屋の電気が消えて、真っ暗闇と入れ代わるようにベッドに座った女が現れたんです。

思わぬ光景に息を飲みました。

だってその女は真っ白なウエディングドレスを着ていたんですよ！　真っ暗の中に真っ白！

頭には何か飾り物があってそこから白いヴェールが垂れていましたから顔ははっきりわかりませんが、足を揃えて両手を膝におき綺麗な座り方をしていました。

これだけでも十分心臓が止まりそうだったんですが、その左手が目に留まったんです。

そう！　強烈に目に焼き付いたのは顔でもドレスでもありません！

左手なんです!!

見た……目に留まったというより見せられたんですかね。

肘まであるような純白の手袋が、左手にだけ無くて素肌のままでした。

さっき鏡で一瞬とはいえダイヤモンドの指輪を見ましたからね、私の目はサッと左手の薬指に焦点を結んだんです。

無い!!　結婚指輪が無い!?

とその時です。

「わたし、どうしよう……」

と呟いて女がシクシクと泣き出したんです。

どうしようはこっちですよ⁉

私の方がどうしよう、どうしよう、どうしよう、と何度も考えているところにお数珠が思い浮かんだんです。こんな時にこそ！　と閃くかのように。

早速鞄の中からお数珠を取り出して、女に向かって正座をすると、必死で経を唱えました。

いやもう……それしか出来なかったと言った方がいいですね。

これですぐ女はいなくなる……そう思って目を閉じると必死に唱えました。

部屋の中に響く泣き声と読経。

何度唱えても、消えない女の泣き声とその気配。

だめか……。

私なんかのお経では意味がないのか……と無力を悟った時でした。

私の読経に合わせるかのようにもう一つの読経が聞こえ始めたのです。

……これは？　……あ、祖父さんが来たんだ！　と直感して、思わず目を開けました。

これまでおそらく石膏像《せっこうぞう》のように固まっていたであろう女が、一瞬ピクリと動いたように見えたんです。

ここから私の経にも再び力が入りました。

もちろんそれは、もう一つの読経のおかげです。

祖父が助けてくれると思ったら心強かったんですね。やがて女は霞《かすみ》がかかったようにボンヤリと白い塊になって消えて行き、最後に素肌の左腕だけが残って……なんと、その腕がね、天井にス――ッと上がって消えて無くなったんです。

あ、あの女は上がっていかれたんだ……。

そう思えた瞬間でした。

……あれ？

終わってみると、いつの間にか部屋に灯りが点いているんです。

いつ点いたのかなど気がつきませんでしたから、ひょっとしたらずっと点いていた中での出来事だったのかもしれません。

父が、持っていたら役に立つ、と言ったのはきっとこういう時のためで、その父もおそらく祖父から同じことを言われてお数珠を鞄の中に入れていたに違いない、と初めて実感出来たのです。

相談

私が今の嫁と結婚する前の話なんですけどね。

彼女が、うちの家族を紹介するからまずは会って、と言うので関西にある実家を訪ねた時のことなんです。

会社員でしたから背広は着慣れているつもりなのに、ちゃんとしたご挨拶に伺う時のあの堅苦しさってないですよね。もう緊張しまくって着心地が悪いったらありゃしない。よく映画やドラマの中にある、お義父《とう》さん、お義母《かあ》さん、娘さんを下さい、というシーンはガチガチに緊張させすぎておかしなくらいに妙な演技をするもんだと思ってましたが、実はああいう風にしかならないという事を初めて知りました。

彼女からは、
事前に相談して好感触を得ているのは母さんだけ。大丈夫だとは思うけれども、父さんと兄さんは何も知らないので、あなたの努力次第だから。

と聞かされていました。

それだけにこちらはドラマの定番通りにガチガチ。彼女は後はよろしく、とばかりに緩々。

この心持ちのあまりの差に疎ましく思いましたよ。


彼女の実家の玄関前に立つと、私はネクタイを締め直し身繕いをチェック。彼女はというといつの間にか玄関を開けて、ただいまーと大声を上げて入って行くじゃありませんか。

なんかむかつきません？　こちらの心の準備とか考えてくれる気などさらさらない態度って。

いらっしゃい。

とそこへにこやかなお義母さん。

その後ろから顔を強ばらせたお義父さんと、物見高そうにニヤニヤしているお義兄《にい》さん。

は、は、初めまして……。

名乗りを上げて戦闘地域へ突入です。

いくらお義母さん以外には伏せていたとはいえ、この訪問の雰囲気で何もかもバレバレなわけですから恥ずかしくて頭の中は真っ白になりました。

私は奥の客間へとそのまま通されました。

一つのテーブルを挟んで、私と彼女の二人対ご家族三人、お茶も全部出されたところで私の戦いの火ぶたが切られたのです。

改めて正式に名乗りを上げて、どうかお嬢さんを私に……。そう言うと、お義父さんはにこやかに笑って、私の想像もしていなかった事を言い出しました。

まあまあ、固い話は抜きにして。とりあえず今夜一晩泊まって行きなさい。

そう一言告げると、何と席を立って出て行ったんです。

えっ？　何それ？　……。

まともな返答ももらえず、お義父さんに続いてお義母さんもお義兄さんも出て行きました。

彼女を見て、これってどういうことなんだ？　と訊ねると、
あぁ……ほんまに昔、聞いた通りやったんや。

え!?　ここから関西弁!!

おい！　このままでいいのか？　俺は何しに来たんだよ！

かまへん、かまへん。大丈夫やから。なんも心配せんでぇぇよ。今晩わかるから。

今晩!?

夜に何がわかるんだろうと私は首を捻るしかありませんでした。

夕食のテーブルに着いたのですが、ちょっと妙な事が気になりました。

普通に、いただきます、と始まったのですが。

私はどちらかというと酒を飲む方で、彼女も同じです。

ご家族も飲むと聞いていたので、最初はビールで乾杯！　などと想像していたら、料理以外ビールはもちろんアルコール類が一切ありません。

海外のどこかの国みたいに食後に飲むのか？

などと思っていましたが、そんな気配も無く、食事は終わり。

まさか初対面のその夜に、彼女の家でご家族に向かって、酒は無いの？　とは言えませんから私もいっしょに、はいごちそうさま。

正直言ってこの食事の席でお酒を酌《く》み交わしながら会話することが本日の第二ラウンドなどと思っていたのに、お酒のでない不思議さとがっかり感で、何となく話に身が入らず、単なるお食事会で終わったんです。

ひょっとすると、お義母さんからお義父さんやお義兄さんへ結婚の話が伝わっていて、話す事は何も無いのかも……。

さらに食事が終わると、すぐさまお風呂へ。

風呂から上ると、さぁさぁ床は仏間にとってありますから。

彼女のご家族の作った流れに押される一方。

あれ？

仏間に通されると、布団は一組でした。

え？　き、君はどうするの？

と彼女に訊くと、
私は自分の部屋で寝るからええの。ほなお休み！

とその場を去って行きます。

あぁ……そりゃそうか……しかし、客間があるのに仏間で寝るのか……。

どうやら彼女の家族だけの、何かがあるような気もしましたが、それが何かはさっぱりわかりませんでした。

客間も立派でしたが、床をとってもらった仏間は怖いくらい豪勢に映りました。

いや本当に怖い……と言うべきですね。だってもの凄く大きな仏壇に幾つもの位牌《いはい》、天井近くには仏間の半分を囲むほどの遺影が、まるで私を睨みつけるかのように掛けてあったのですから……。

こんなモノが並んでいる部屋は、学校の音楽室以来でしょうか……。

これで電気を消したら……さらにむちゃくちゃ怖くなる予感がひしひしとします。

私は失礼のないように、遺影のひとつひとつに向って、初めまして……初めまして……と挨拶しつつも、なるべく余計なことを考えないようにしよう、この方々もご家族なんだから！　と頭の中で考えの切り替えを必死にやりました。

必死にもなりますよ、気にし過ぎと思いたいのに目を瞑っても視線を感じたんですから。

ですが、昼間の疲れと今までの緊張感からか、催眠術にでもかけられたように突然の眠気に襲われたので、私は電気を消すとそのまま布団に入ったのです。

目を開けても閉じても変わりがないくらいの真っ暗闇でした……。


「名前は？」

…………。

「名前は？」

という声に目が覚めました。

えっ？　誰か呼んだ？　とぼんやりした頭で見回すと、なんと真っ暗な部屋の中で天井近くに掛けられた遺影だけがはっきり見えるんです。

なんだこれ？　夢か？　……と思いました。

「名前は？」

え？　あっ、――タカオです。

「本籍は？」

次々と野太い男の声で質問されたのですが、これがまたどういう訳か、怖いとかおかしいだろうと思うことなく、問われるままに私はスラスラと答えていくのです。

はっきりしたことはわかりませんが、声の主は仏壇の上に掛けてある一番立派な顔立ちのおじいさんのように思えました。

そこへおばさんのような声がしたんです。

「怪我とか病気とかしたことあんの？」

い、いえ、盲腸の手術くらいです。

「兄弟は？　親戚とは仲良うやってる？」

今度は別の人の声でした。

この辺りまでは覚えているのですが、後は良くわからないまま……最後に、私を起こした声の主からこう言われたんです。

「見た所、体つきも悪うない。ちゃんと勤め上げるんやったら良しとしたる」

あっ……ありがとうございます。

この言葉を最後に遺影が見えなくなりました。

というより、部屋全体が元の暗さに戻って、その闇の中に遺影が馴染《なじ》んだといえばいいでしょうか……。

気がつけばそれほど真っ暗というほどでもなく、さりとて遺影だけが特に明るく見える状態でもありませんでした。

ただ、良しとしたる、という言葉がとても嬉しくて再び眠りに就いたのです。


朝。

彼女に起こされて食卓へと案内されると、びっくりしました。

朝食の席というより、夜の宴会のようなテーブルなのです。

お義父さんから、まぁまぁまぁまぁ、ほら、ここに座って。まずはビールから。

訳もわからず注がれたビールを手に乾杯すると、お義父さんから、良かったな！　の声。

ほんに。これで合格やね、とお義母さん。

一体全体何がどうなっているのか、サッパリわかりませんでした。

よくよく聞いてみると、明治《めいじ》の頃かららしいのですが、一族から嫁を出す時に相手の男をこの仏間に泊めて品定めをするというのです。

最初の頃は、遺影が少なかったのでほとんど一対一のようなやりとりだったそうですが、時の流れと共に遺影が増え、いつしか査問委員会というか面接会のようになっていったとか……。

そして昨夜、お義父さんの枕元に一人の老人が立つと、

「良しとする」

と言葉を残して消えたとのことでした。

本当かよ……と思いながらも、ここで初めて心を新たに、
どうかお嬢さんを私に下さい。

とお願い出来たのです。

おそらく酒のお陰ですんなり言えたのだと思いますが、家族のみなさんも酒を手にしつつ、あぁ、いいよいいよ、と簡単な返事が返ってくるだけでした。


本当にあった事なのか？　本気でそんな事を信じているのか？　と言われれば自分でも疑わしく思ってますが、しかしそのまま結婚話がまとまって結婚できたのですから、今ではそれを良しとしています。

再婚

私の父は大変なヤキモチ焼きでした。

病院で死ぬ間際まで、再婚は止めてくれ、止めてくれ、と言い続けていたんです。

その度に母は呆れながら、大丈夫だから、しませんから。いくつだと思っているの？　と繰り返していました。

母がいない時でも私に向かって、再婚はしないでくれよ、と事ある度に言っていましたから、どれほど母の事を思っているんだろうと可愛くなったくらいです。

母は母で、父のこの話を耳にする度に、自分は再婚だったくせに……と苦笑いをこぼしてました。

そうなんです。父は一度離婚していて、二度目の奥さんが私の母だったのです。

自分は再婚しておいて人にはするなとワガママを言うんですから、勝手に聞こえますよね。

やがて父は亡くなり、それから五年ほど経った頃、私は離婚したんです。

その私に新しい彼氏が出来ました。

ある日のこと、その彼氏からプロポーズをされたんです。

打ち明けられた場所はホテルのバーでした。

もうこの待ち合わせ場所からして、プロポーズされるんだろうなぁと、心が躍って仕方ありません。

彼氏がソワソワしながら背広のポケットに手を突っ込むと、赤い高級そうな小箱を取り出しました。

ゆっくり蓋をあけて中を私の方に向けると、そこにはプラチナ台のダイヤモンドの指輪が光っています。

彼氏はそっとカウンターの上に小箱を置くと、結婚して欲しい！　とプロポーズの言葉。

でかした！　よく言った！　と思ったその瞬間、
バン！

突然、カウンターテーブルを平手で叩き付ける音が響き渡ったんです。

音のするものなんか何もないのにですよ？

しかし、確かに婚約指輪の入った箱の真横で響いたのです。

その場は返事どころではありません。

ムード音楽が静かに流れているバーラウンジだというのに……。プロポーズされたばかりだというのに……。

周りにいた人達がビックリして、私達の方を振り返ったまま固まっています。

何も知らない人には、何か喧嘩でも始まったのか？　という音に聞こえたんでしょうね。

私も彼氏も何が起こったのかがわからなくて、ただただ周りに首を振って、何でもありませんとアピールするだけ。

ですがその時、頭の中をよぎったのが、父の事でした。

まさかそんな事はないよね……。

あれは母に向かって言ってたんだからと必死で打ち消しました。

とはいえあまりにもバーにいるのが気まずいので、私達は逃げ出すようにお店を出るしかありません。

折角のロマンチックなムードは台無し。

店を出た私達はそのまま彼氏が予約してくれたホテルの部屋へ入りました。

もう、これが本当に入っただけ……。

あの音が互いの頭にこびりついて、どうしても再びロマンチックなムードになれなかったのです。

ただ、これからの将来の話を交わしてからベッドに入りました。

それでも一緒のベッドに寝られるというだけで、私の心は幸せでした。


彼氏がスースーと寝息をたて、私もぼんやりと眠気に襲われた時です。

バン！

何かが掌で叩かれる音が響き渡ったんです。

きゃっ！

さっきのバーラウンジの音とは全然違いました。

部屋の壁でも叩いたのか……でも確かに掌で叩いた時に出る大きな音でした。

ビックリした私は、ベッドから体を起こしましたが、こんなに凄い音が響き渡ったというのに何と彼氏は寝たまんま。

えーっ？　この人、こんなに大きい音に目が覚めないの？

呆れてその目を彼氏からカーテンのかかっている窓に向けたんです。

恐らく何かの気配を感じたからだと思うのですが……。

何とそこに、亡くなった父が立っているんです。

生前、夏に好んで着ていた浴衣姿で、手には愛用のパイプを持っていました。

自分が見ているものが信じられなくて、しばらくの間は父とにらめっこ。

どこからどうみても、本当に父が立っているんです。

うっすらとか、ぼんやりした姿ではないんですよ。

私が最初に口にした言葉は、多分確認したかったからだとは思うんですが、お父さん？　でした。

「再婚しないでくれ」

……えっ？

まるで私からの一声を待っていたかのように、あの言葉が返ってきたんです。

姿の全てが父に見えましたが、声は聞こえたのに口はへの字に結んだまま。

お父さん？　よね？

もう一度聞き直しました。

「再婚しないでくれ」

私に言うの？

「再婚しないでくれ」

あれはお母さんに言ってたんでしょ？

「再婚しないでくれ」

私の頭の中で、何かがプチッと音を立てて切れました。

お父さんには関係ないでしょ！

その大声で彼氏が飛び起きました。

それと同時に父はスッと消えていったのですが、それがたまたま彼氏の起き上がった正面だったから、さあ大変。

い、今、カーテンの前に誰かいたよね？　浴衣姿のおじさんが。お父さんって呼んだよね？　お父さんって亡くなったんじゃなかったっけ？

彼氏の頭が大混乱して質問を山のようにぶつけて来ました。

ですが私はどこからどう話していいのかわからなくて、今度時間がある時に話す、としか言えませんでした。

目の前に父が現れたのはともかく、まさか私に向って、再婚しないでくれ、と言うとは思いませんでした。

それをどう捉えてどう考えればいいのか……。

だってこのままではちゃんと再婚できるか不安でしょうがありません。

だからと言って母にすぐ相談していいものか……。

ひょっとして、夜に彼氏と過ごしていると父が現れるの？　と思いながら三日ほど経った晩、久しぶりに母から電話がかかってきました。

タイミングが良いといえばそうなんでしょうが、一体何の用事かしら？　と探るように話をしていると、ねぇ、ついでに訊くけど……あなたの所に何か変わったことはない？　……ちょっと心配になったものだから……。

えっ？　……お母さんには何かあったの？

二、三日前から仏壇の中の父の位牌がどういうわけか裏返っていて、元に戻しても朝には背中を向けているの……。それが今朝は倒れていたのよ。まるで何か気に入らないことがあるみたいでしょ？　そっちには何も起こっていない？

あっ……、やはり母の所にもあったんだ……、と私が話そうとした時でした。

ちょっと待ってて。

と遮られたのです。

どうしたの？

今何か向こうで音がしたみたい……すぐに戻って来るから。

ゴトッと受話器を置く音。それに続くようにスタスタと遠ざかって行く音。そこへ小さくドアを開ける音が聞こえたかと思った時でした。
やだ！　お父さんの――――、
と聞こえて、電話がプツッと切れたんです。
私は直ぐに掛け直しましたが、通話中で繋がりません。
そうか……受話器が外れたままなんだ……あれ？　じゃどうして電話が切れたのよ。
仕方なく母が掛け直してくるのを待っていると、そこへコール音。
あ、お母さん？
プツッ！
あれ？　切れた。
そこにまたコール音。
しかし母の声が聞こえる前に、プツッ！
私の方から掛け直しても同じでした。
繋がらない……これ、もしかしてお父さんが切ってる？
……よし！
心配になった私は、そのまま車を飛ばして実家に向かいました。
もうこのままにしてはおけないと思いましたから。

実家に着いた私は母にこれまでのことを打ち明けました。

実はこれまで私の再婚話どころか、付き合っている人がいることも伏せていたんです。

はっきり決まってから報告をしようと思っていましたから……。

それだけに話は長くなりました。

どんどん呆れ顔になっていく母。

娘にもヤキモチを妬《や》いているの？　私だけじゃなくて？

と話の途中から酷く怒り出したんです。

そんなことなら仏壇に二人揃って文句を言わなきゃ！

母が立ち上がると、なるほどそれしかないと思った私は、後ろについて行ったのです。

二人揃って仏壇の前に座って、手を合わせたかと思うと、母は怒りも露《あらわ》に文句を言い出しました。

ちょっと！　お父さん！　私は私！　この子はこの子でしょ！　いい加減にしなさいよ！

こんなに執念深かったら私達怖いでしょ!!　二度と手を合わせてあげないけどいい？

流石は母、見事な啖呵《たんか》と感心する私。

ちょっと！　何黙ってるのよ、あんたからも言いなさい！

あ、そうか、と思った私は、母に負けじと仏壇に怒鳴り声を浴びせました。

このままなら親子の縁を切るけどいい？　もうお父さんて呼んであげない！

しーんと静まり返ったままの仏間。

あれほど動いたという位牌もピクリとも動きません。

そこに母が、

何もないならわかったってことよね。

と立ち上がったんです。

ところがその瞬間、仏壇を覗いて、あらっ？　と声をあげました。

私も一緒に覗いてみると、位牌の下に小さな小さな水溜りが出来ていたんです。

それを見た母が、

二人して怒ったから泣いたのかもね。

とクスリと笑ったように感じました。

じゃ、ちゃんと手を合わせてあげますか。

座り直して、線香を立てるとチーンと鈴《りん》を鳴らしたんですが、なんとその鈴がカンッと鈍い音を立てるだけで響かないんです。

あら？　と首を捻った母がもう一度叩きましたが、やはり同じ鈍い音しかしません。

おかしいわねぇ、と二人で首を捻っているところに、位牌がぼんやり煙っていることに気がつきました。

なんと線香から昇った煙が位牌に吸い寄せられているんです。

やがて煙はクルクルクルクルと回り出すと、小さなラグビーボール形になってすっぽり位牌を隠してしまいました。

…………。

しばらく黙っていた母が、これ、お父さんがわかったよ、と返事をしたのよ。こんなに大げさなのは、すごく反省したからよ。きっとそう。そうなんでしょ？　お父さん？

と鈴を叩くと、チ――ンという音が響いて、位牌の周りの煙がふわっと散ってなくなったのです……。

やがて私は再婚して子供をもうけました。

生まれたのは女の子。

その娘を、いえ父にとっては孫ですね、仏壇の前に初めて連れて行った時に、母と二人して、この子には勘弁してね、とお願いしたのでした。

六甲《ろっこう》

私は歌手としてステージに立ったり、パーソナリティーとしてラジオのお仕事も何本かレギュラーでやらせて頂いているひづきようこと申します。

そのうちの一本は作家の木原浩勝《ひろかつ》さんと、プロレスラーの松山勘十郎《まつやまかんじゅうろう》さんと三人で出演する、日本唯一の怪談専門番組『怪談ラヂオ　～怖い水曜日』です。

思い出すのが嫌だったんでしょうね……、木原さんとお仕事でご一緒させて頂いて随分になりますが、先日ラジオの収録中に突然思い出して、勢いで軽く話してしまいましたが、ここでちゃんとお話しておきたいと思います。

確か、私が二十代の時でした。

六甲山《ろっこうさん》の峠道に現れる〝うしおんな〟を探しに行こう！　と車を連ねて行ったんです。

木原さんの『新耳袋』にも紹介されていましたが、この本と出会う以前から六甲の〝うしおんな〟の噂話は地元で知られていました。

顔が人間で体が牛。木原さんの本ではこの姿のバケモノを〝件《くだん》〟として紹介されていましたが、当時神戸《こうべ》の噂ではこの姿のバケモノが〝うしおんな〟と呼ばれていたんです。

真夜中に六甲の峠道を車で走っているといつの間にか〝うしおんな〟が後ろから付いて来て、やがて横に並んで追い抜かし消えていなくなる……。

ちっとも女らしい部分はありませんが、とにかくその話が本当かどうか、探索と称して肝試《きもだめ》しに行ったんです。

先頭はバイクが二台、次に私が運転する車で三人が同乗していました。その後ろに更に車が一台、二人乗っていましたから、合計八人でした。

人数が多いと心強いということもありましたが、目撃者が多い方がいざという時に説得力があるからです。ついでに言えば車の列が縦に長いと後ろから〝うしおんな〟に追いつかれて追い抜かれるまでの距離が車の台数分長いので、総合的に長時間目撃できるのではないかと考えていました。

平野《ひらの》という所から上って行き、更にビーナスブリッジを越え、裏六甲と再度山《ふたたびさん》の間……山頂近くを走っていた時でしょうか……。

時間は夜の二時を過ぎた頃。目指すのが〝うしおんな〟ですから丑《うし》の刻《こく》には山を走っていようと決めていました。


何あれ!!

私達が目撃したものはとんでもないものでした。

暗闇に突然、あるはずのないモノが見えてきたんです。

それは赤くて巨大な鳥居でした。

私もそうですが、全員神戸育ちの人間です。

こんな所に大鳥居なんかあったっけ？　……。

と首を捻りながらその前を通り過ぎました。

当然、通り過ぎた後に車内から、今のは俺らの勘違いなんか？　あんな所に神社なんかあらへんよね？　あったとしたら何神社やろか？

と声があがります。

私も含めて誰もわかりません。

知らない……というよりわからないのです。

記憶からいうと、あるはずのない大鳥居でした。

首を捻りながら走っている真っ最中のことです。なんと向こうの方に、またも大きな鳥居が見えてきたんです。もちろん参道も見えました。

一つ目の鳥居だってわからないのに、二つ目の鳥居？

車内がシーンとする中、またもその前を通り過ぎました。

………。

しばらくして、私の隣に座っていた女の子が、おかしなことを言い出したんです。

ねぇ今の鳥居、最初に見たのと同じじゃなかった？

私は、鳥居ってみんな同じ形やからね、とその場の怖さを和らげようと口にした途端、後部座席からも声が上がりました。

いや！　あれは同じ鳥居やった！　何かおかしないか？

ですがそもそもこの道は峠の一本道、何があっても真っすぐ走っている以上は全く同じ風景と出会うはずがないんです。

でも……実のところ運転してる私は何となくそのずっと前から気付いていました。

ここは、通り過ぎた道だと……。

そこへ、またも向こうの方に大鳥居が見えてきたんです。

え――――!?

どんどん暗く不安に沈んでいた車内が、大騒ぎになりました。

私もそうですが、きっとみんな怖かったからでしょうね。

どうする？　どないしよう？

この時は全員、走り去っていく方が怖いと思ったようでした。

四回目を見るのは嫌だ。

どうやら本当にあるみたいだから何神社なのか確かめてみたい。

そうしなければ納得できない怖さだけが残る……と。

ハザードランプを点けて私は路肩に車を停めました。

いえ、私だけではなくみんな同じ気持ちだったんですね。

前の二台のバイクも同じように路肩に寄せて停まりましたから。もちろん後ろの車もです。


八人全員でおりて大鳥居に向かって歩きました。

今まで知らんかったな。

何神社か書いてある額縁みたいのが無いし！

知らんも何も俺、先月も走ったけどこんな鳥居は無かったで？

それでも私達の目の前には確かに参道があって、朱塗りの大きな鳥居があります。

出雲大社《いずもたいしゃ》さんやお伊勢《いせ》さん並の大きな鳥居……全員が全員、それを目の前にしていながら大きく首を捻ります。

信じられない……と。

こんなん初めて見た……。俺、ここをしょっちゅう走ってるけど見た覚えがないで。

先頭をバイクで走っていた、この道を良く知る二人でさえも首を捻ってます。

とはいえ、目の前にありますから、とにかく境内に入ってみよう、お社を見てみよう、という事になりました。

時計を見ると三時を過ぎてます。

こんな真夜中に鳥居をくぐる……。

もうそれだけで怖いですから、八人がピッタリくっ付いて団子になりながら鳥居を真上に見上げるようにくぐり抜けようとしたんです。

全員そろってくぐり抜けたその瞬間でした。

両脇に立っている木というか、全部の枝というか、葉っぱの塊がザッ！　という大きな音を立てて私達を振り返ったんです。

ええ、おかしな事を言ってるのは十分承知しています。

少しでもわかりやすく例えるなら、あちこちを向いていた人の顔が一斉に私達を振り返った……と言えばいいでしょうか。

向こうの木から手前の木まで、まるで木の行列が私達に迫り来るかのような一瞬でした。

キャ――――ッ!!

誰かの金切り声を合図に、私達は一目散に車に戻りました。

走り出した車内はもう大変。

それぞれ自分達の見た物が信じられなかったのです。

おまけに全員が鳥居を出た瞬間、ザッ！　と背後で木が元へと戻る大きな葉擦れの音まで耳にしましたから、偶然の風の悪戯なんかじゃない。誰もがそう思っていました。

ですが、しばらく走っているうちに、車内に戻れたという安心感からでしょうね……。

怖かったよねぇ、とか、助かったよね、という言葉をそれぞれに口にし始めました。

言葉が見当たらなかったのか、おかしなくらい、同じ言葉ばかりを何度も繰り返すんです。

あれ……？

そこへハンドルを握っている私だからこそ、最初に気付きました。

窓から見える風景や、遠くの夜景が、また同じに見えるんです。

もう一度お話しておきますが、ここは峠の一本道。

鳥居の前から逃げ出して走っているのに、このままではまた鳥居に着いてしまうんです。

どうしよう……と思っている所へ、後部座席から、これ同じ道とちゃうのん？
ですが、今度ばかりは驚きの声すらあがりません。
三度も繰り返した同じ風景。四度目の鳥居が現れる……。
そう思った時。
無いんです！　鳥居が無いんですよ！
風景は全く同じだというのに、さっき八人でくぐったあの大きな鳥居が無いんです。
……どうして。
やがて車は鳥居があった場所を通り過ぎました。
見えないのではありません、だって参道も無かったんですから。
でも運転している私は怖いながらも少し安心しました。
元々あの鳥居は無かったんだもん……と。
きっとこれで帰れるんとちゃう？
などと初めて安心する声が車内に心地よく響きました。
実際私もあの鳥居さえ見えなければ、いつもの道に戻れると思いましたから。
ところが！
風景が変わらないんです。

そこでまた、鳥居が消えた場所へと近づいているのに気が付きました。

いややこんなん！　私らどないなんのん！

みんなこの場から逃げ出したい気持ちで一杯でした。

きっと先行する二台のバイクはもちろん、後ろの車だって同じはずです。

いいえ、同じだったからと言うべきでしょうね、先頭を走るバイクの一台が急にスピードを上げて遠ざかりはじめました。

怖くて、その場から逃げ出したい気持ちが勝《まさ》ったんです。

見る見る遠ざかって行くテールライト。

あんなに飛ばして大丈夫？　と心配になりましたから、私も追いつくようにアクセルを踏み込みました。

ようやくテールライトに追いついたと思ったその瞬間です。

バイクが横倒しになったかと思うと、三度も四度も跳ね上がりながら宙を舞いました。

乗っていた友人のシルエットが、まるでアイスキャンディーの棒のように、頭、足、頭、足とアスファルトの上を縦に転がると、勢いが弱まって横倒しのまま滑って行ったんです。

慌てて急ブレーキ。

車からおりると、その先には倒れたままの友人。

道路の周りには粉々に散ったバイクのパーツ。

エンジンフレームがグジャグジャになって路肩に落ちています。

全ての物が道の両脇に散乱していて、道の真ん中には倒れたままの友人……。

私もそうですが、誰もが、その即死を確信していました。

路上であんな跳ね方をして生きているわけがありませんから……。

そこへムクッと友人が起き上がったんです。

あ――――、痛かった。

エ――――ッ!?

私達七人は声を上げました。生きているはずがないんです。

ところが友人は、ヘルメットを外すと首をコキコキと左右に振りながら、いやぁ死ぬかと思ったよ、と笑顔で近づいて来ます。

死ぬかと思ったどころか、間違いなく即死だと思っていた私達は、喜びよりも驚きの方が大きすぎてただただ呆然。

本当大丈夫？　怪我は？

声をかけることが出来たのは、友人が私達の輪の中に入ってきた時でした。

それほど驚いたのです。

いえ私達の驚きは更に増しました。

怪我どころか、見た限り友人の体には擦《す》り傷一つないんです。

大丈夫や、大丈夫！　心配せんとってくれ。あぁバイクがメチャメチャや。などと自分の心配などそっちのけ。

しかし絶対に無事なはずはないと思った私達は、友人を後ろの車に乗せて救急病院へと向かったのです。

この人命に関わる心配が幸いしたのでしょうか？

私達は同じ場所を通る事なく、やっと街へとおりて行けたのです。

カセットテープ

私は六十歳を超えた現在でもミュージシャンをやっています。

若い頃はプロとして結構活躍して、沢山の曲を作ったんですよ。

酒が好きでね、酒と音楽があったら毎日が幸せ。

いい時代がありました……ライブ会場にはいつも満杯のお客様。

一緒に楽しく音楽を終えた後は、親しいお客様やスタッフと共に一杯。

次々と舞い込んで来るレコーディングの仕事。その打ち合わせで一杯。収録を終えては打ち上げの宴《うたげ》で一杯……。

一杯と口では言っていますが、いっぱい……沢山という意味を掛けた言葉ですよ。

もちろん、それは私の曲作りに酒が欠かせなかったからでもあります。

賑やかな店での酒も多かったですが、自分で曲作りに集中する時にはそういう場とは違った所で酒を飲みました。

小さなバーのカウンターに一人座って、誰とも口を利かずにタバコを吹かしてチョコチョコ飲みながら曲のイメージを作ってました。

酒と共に私の音楽とバーは切っても切れない関係でしたから、曲作りの気分によってバーを選んでいたんです。

おかげで馴染みのバーというだけでも十軒以上はありましたかね……。

その中で特によく通ったのが〝ELLE《エル》〟という名の店でした。

ママの名はミズエさん……、とっても親切で優しいママでね、私が酒を飲むだけに来ているわけではないということをちゃんと承知していて、いつもそっとカウンターの奥から見守ってくれていました。

ある時、そのママが突然亡くなられたんです。

参列者は本当に親しい友人関係のみ、いかにも小さなバーのママにふさわしい葬儀でした。

それから何日か経ったある晩、私が自宅でくつろいでいた時のことでした。

私は母と二人暮らしで、滅多《めった》に夜の早い時間に家にいる事はないのですが、だからこそこの晩の出来事は不思議に……怖ろしく覚えています……。

リ――――ンと固定電話が鳴ったのが事の始まりでした。

おっ！　珍しいな。

夜に母宛《あて》の電話はかかってきませんし、夜にほとんど家にいない私宛とも思えません。

電話に出てくれたのは母でした。

玄関から、
えぇ……。はい……。ハッ？　えぇ、いますが？

という大きな疑問に満ちた声。

一体誰と電話しているんだろう？　声の様子からして会話をしているというより、母は聞く一方の様子……知人からの電話ではなさそうでした。

そこへ、

……少々お待ち下さい……。

という声と共にオルゴールの保留音が響いたんです。

話の途中で保留？　俺か？

と驚いていると、そこへ母がやってきて、
あんたに悪戯電話だよ。

保留にして相手を待たせておいて、悪戯電話はないだろう。どうしてそんな事を言うの？

出たらわかるから。

そりゃまぁそうです。それに保留している以上ここで母と話をしている場合ではありません。すかさず玄関に行って受話器を取った時でした。電話の向こうから、オルゴール音の切れる瞬間を待ってましたとばかりの明るい声が飛んできたんです。

「もしもし？　エンドウさん？　私。ミズエ。ミズエよ！　〝ＥＬＬＥ〟のママをやってた」

はっ？　と一瞬、受話器を離して耳を疑いました。

亡くなったバーのママからの電話なんです。

確かに悪戯だと、母が言うわけです。

バカげた電話だ……。

もちろんそんな電話なんか、すぐに切ればいいはずなんですが、確かにミズエさんの声に思えたんです。

それに私の自宅の電話番号を知っている人間もそんなに沢山いるわけではありませんから、すぐに切ってしまえ、という考えにはなりませんでした。

あの……ミズエさんて、バー、ＥＬＬＥのミズエさんですよね？

「そうよ、他に誰かいる？」

えっ……とですね、私の知っているミズエさんはこの間亡くなられて、私、葬儀に出ましたけど？

「知ってるわよそんなこと。見てたもん。ありがたかったわ。みんな来てくれたもんね」

なんとこの言葉の後、葬儀に参列した仲間の名を一人ずつあげていくんです。

……まさか。

「でもね、一番嬉しかったのはエンドウさん。あぁ来てくれたんだ、と思ったら嬉しくなっちゃって」

正直言って私は、仲間の名を次々とあげられたことに当惑しました。

参列した人の名は調べて回りでもしない限り参列した人しか知りません。こうもスラスラと名前があげられるはずがないんです。

しかしそんなバカなことがあるはずがありませんから、こう訊いてみました。

今どこにいるんですか？

「今？ ……今ね、広い広いお花畑の中にいるの。本当よ。死んだら初めてわかった。こんな所に行くのねって。見たことのない綺麗なお花が沢山咲いていていて、私の他には誰もいないの。他にあるものといえば、その先に流れている小さな川だけ。私ね、この川を渡らなければならないの。でも、渡ったらおしまい。それで本当の最後になっちゃう……」

言葉に詰まってしまいました。

これまでに聞いた事のある、いわゆる死後の世界の風景そのものでしたから……。

とはいえ、間違い様のないミズエさんの声を淡々と聞いていると、どうにもこれが嘘や悪戯だとは思えないんです。

しかしこのまま話を聞いているのは怖いな……、と思って、ちょっと話をそらしてみました。

ねぇミズエさん、どうして僕なの？

「だから嬉しかったから。エンドウさんの気持ちが。私の棺《ひつぎ》の中にみんな色々な思い出のものを入れてくれたでしょ？　その中で一番嬉しかったのがエンドウさんのカセットテープ！　いい曲ばっかりだったよね。知らない曲も入っていたけれど、あれ私のためにわざわざ選んで入れてくれたんでしょ。こんなにいい曲を作っているんだったら、もっと前から聴いておけばよかった。特に素敵な曲は……」

その後彼女は、私の作った曲名や詩の感想を話し始めたんです。

実はこの話を耳にしながら、本当にあの世から死んだ人間が私に電話をよこしてくれたんだと信じはじめていました。

……これは本人だ……ミズエさんだ……と。

確かに彼女の言う通り、仲間達が思い出の品々を棺に納めました。

ですが事前に、燃えない物やプラスチック製品はダメです、と注意を受けていたんです。

骨が変に燃えると困るからでしょうね。骨と棺の釘《くぎ》以外の物が燃え残っても困りますしね。

とはいえ私がミズエさんに渡したかったのは、自分の曲だけでした。

その曲の幾つかはミズエさんの店で作ったからです。

だから、こっそり隠すようにカセットテープを納めたことは私しか知りません。

しかも中に入っている曲は、私が編集してダビングしたミズエさん用のオリジナルです。

つまり収録している曲もその順番も私しか知りません。

本人以外にこの話が出来るはずがない……そう思いながら聞き入っていました。

あの……ねぇ、ミズエさん。それでどうして僕に電話を？

………。

しばらく間が空きました。

「あのね……あのね、エンドウさん。一人で川を渡るのが寂《さび》しいの。これを渡ったら終わりかと思うと余計に。だからね、一緒にエンドウさんも渡ってくれないかな……って。でもいきなりだと失礼でしょ？　それで電話したの。良かったらお願い、これから私と一緒に……」

ガチャッ！

私は電話を叩きつけるように切りました。

この先は聞くなっ！　と体が動いたんです。

正直に感じた通りに言いますとね、あのまま全部聞いてしまったが最後、この場で僕はあっちの世界に行ってしまう。そんな本能のようなものが働いて電話を切ってしまったんですよ。

実は話を聞いている最中、聞けば聞くほどミズエさんが側にいる、電話なのに何かその存在がドンドン近づいて来て、すぐ目の前にある玄関の扉の向こうに立っている……そう感じていましたから尚更です。

考えてみたら、今日、この日、この時間、自宅にいて私と電話が繋がる事を知っているなんて、近くで見ているとしか思えませんでしたしね。


私はよほど顔面蒼白《そうはく》だったんでしょうか？　電話を切って居間に戻ると母の雰囲気が変わったんです。

ねぇちょっと。何その顔？　悪戯電話の相手にしては長かったじゃない。

私は何も答えられませんでした。

まぁいいけど。あれが悪戯電話じゃなかったら危ないわよね。だって本当のミズエさんだったら感謝の電話か、旅の道連れのお誘いに決まってるもん。

…………。

内容を知らない母の言葉が、旅路の誘いを断った私の胸に重くのしかかったのでした。

修行

私は東京で生まれましたが、ある日突然両親に連れられて、小学校三年生の途中から愛媛《えひめ》県にあったとある寺へと預けられたのです。

もちろん預けられたのには特別な理由《わけ》がありました。

親が子を怖がって寺に預けたんです。

まだ物心つかない……言葉を喋りはじめるようになった頃から、私は変な子だったそうです。

壁の前に座ってはずっと誰かと話していたり、誰か訪ねてきたわけでもないのに突然玄関に行って見えない相手と話し込んだりしたらしいので、さぞ不思議な遊びをする子に映ったでしょうね。

始めのうちは気にしなかった両親も、その内容を小耳に挟んでいるうちに、一体誰と喋っているんだ？　どんなお話をしているの？　と訊くようになりました。

そこへ私が、Ｅおじさんが来て、庭木をこんな風にして欲しいって言ってたよ、だとか、腰の曲がったＨおばあちゃんという人が来て、いつも元気でいい子だねって褒めてくれた……と当たり前のこととして答えていたんです。

もちろん私が口にする名前は、相手が名乗ってくれたから親に話せたんですが、それらの人々は既に町内で亡くなった人達ばかり。

しかも私が生まれる前に亡くなった人の名前が多かったので、気味が悪かったはずです。

同じようなことは親と一緒に外出した時にもありました。

交差点の真ん中を指差して、どうしてあの人はあんなところでジッと立ってるの？　と訊ねてみたり、電柱のてっぺんを指差して、あのお姉さんいつもあそこに立ってるよね、などとしょっちゅう口にしたそうです。

街中には他に人がいっぱいいるのに、どういうわけか子供の私は、親の目に映らない人ばかりを選んだかのように口にしました。

恐らく、ポツンと取り残されて動いていなかったり、誰もいるはずのない所に立っていたり寝ていたり、時に浮いていたりするのを、ただの好奇心で親に訊いていたんだと思います。

……実のところよく覚えてはいないんですけどね。

ですが親にすれば、気味の悪い言葉ばかり口にする息子は心配の種だったに決まっていま
す。

同年齢の子供と比べて私は非常によく喋る子だったにも拘わらず、その内容のほとんどが親
には見えない人達との会話だったりすれば尚《なお》のこと……。

決定的だったのは、名指しで人の死を口にし始めたからでした。

近所の人とすれ違いざまに、あのおばちゃん、もうすぐ死ぬね、だとか、さっき家の前を通
り過ぎた人が、Mさんをこれから迎えに行くんだよって言ってた、みたいに……。

これがやっかいなことに悉《ことごと》く当たったものですから、両親にとって私は側に置いておけない
人間になったのです。

どうしてだかわかりませんが、私はいくら両親が不快な顔をしても、喋るな話すなと言って
も妙な事だけはスラスラと勝手に口が動いたんです。

まるで話す義務でもあるかのように……。

誰か知り合いの伝手《つて》を頼って相談した結果こうなったと思いますが、ある日私は両親と長い
長い時間列車に乗って、船で海を渡り、愛媛県にあるその寺へと連れて行かれたんです。

どうしてこんな遠い所に来たのかわからない私にとって、両親の態度はあまりにも冷たく映りました。

お寺に入ってご住職に向かって、この子のこと、よろしくお願い致します。

たったその一言だけで帰って行ったのですから。

元々話がついていたんでしょうね、ご住職は私が両親を追いかけていかないようにずっと両肩を強く押さえつけていました。


お前はこれからずっと修行のためにここで暮らすんだ。

ご住職にそう言われましたが、それでも私は何日かしたら帰してもらえるだろうと思っていました。

しかし……その希望はしばらくして東京から届いた沢山の荷物で打ち砕かれたんです。

私の服や勉強道具、日用品の数々が入っていましたから……。

小学校の転校手続きもされて、私は本当に寺の子供になったのです。


朝は早いうちから起こされて、二人の兄弟子と共に本堂や廊下の拭き掃除。

それが終わったら学校。

小学生の頃はほとんど毎日この繰り返し。

転校してきた東京の子供に言葉の違いがことの外大《ほか》きくてね……愛媛の子とは馴染めませんでした。

仲間にも入れてもらえなくて、いつも一人でしたから子供らしく遊んだ記憶もありません。

兄弟子と一緒にお務めをさせてもらえるようになったのは、中学生になってからでした。

………。

私の修行の話はともかく、高校を卒業するまで東京に帰ることもなく、両親が訪ねてくることもなく過ごした中で、一番怖かった思い出をお話します。


高校時代のある晩のことです。

私は三畳間の自分の部屋で寝ていました。

「キ――――ャッ」

という女の絶叫というより……金切り声でハッと目が覚めたんです。

大声だからではありません。これが人の発した声だったら寝たままだと思います。

修行のお陰ですね……この声がこの世のモノ……人のモノではないとすぐにわかったから目が覚めたんです。

ところが、わかりはしたものの、体が動きません。

動くのは首から上だけ。

しかし真っ暗な部屋の中で心は冷静でした。

それどころか、今からあの女がやってくる……、庭から私を目指して女がくる、というのがわかるんです。

「キ――――ャッ」

そこへ、また女の金切り声。

あっ……この女は……。

頭の中にその姿が浮かびました。

腰まで伸びた長い髪。赤黒く汚れた厚手の着物を引きずりながら近づいて来る……と。

ですが、一体何を考えて何をしに私の部屋に向かって来るのかがわかりません。

女の心が読めないのです。

やがて、タン、タン、と女が縁側に足をかけて上がり私の部屋の前に立ったのがわかりました。

「キ――――ャッ」

頭のすぐ先にある障子の向こうにいます。

この気配と声は、隣の部屋に寝ている兄弟子にも伝わっているはず……。

私が動けなくても二人が助けに来てくれると思っていましたが、その気配がありません。

そこへ障子をすり抜けるようにして女が私の部屋に入ってきました。

シューッ、シューッ、と畳の上を二歩。すり足で……。

その音が私の顔の横でピタリと止まったんです。

「ハァ……ハァ……ハァ……」という息づかい。

どうしても体が動かないので、眼だけを動かして女を見ると、なんとそこには誰も立っていません。

いない!?

気配はあるのに見えないのです。

「キ――――ャッ」

この部屋の中で響いた金切り声のせいですね。その瞬間、首だけ動かすことが出来ました。

姿が見えないはずです。

女は顔しかありませんでした。

気配は人なのに姿は首から上だけ……。

それも私のすぐ横の畳の上にドサッと置かれたように。

私と女の睨み合い……。

女の顔から怒りや憎しみが伝わってきます。

それはわかるのに、何しに来たのか？　何故《なぜ》私なのか？　どうしても心が読めないのです。

「キ―――ャッ」

大きく響いた金切り声が耳に残って、どうしても集中して心が読めません。それが謎となって考えがぐるぐると渦を巻くような気がします。

しっかりしろ！　集中だ！

そこへ女の心が一瞬開いたんです。

「来《き》や」

いいえ、開かれたから読めたのではなく直接耳から入ってきたのかもしれません……。

あぁ……私ではどうにもならない、この女に連れて行かれる。死んでしまうのか？　そう思った時です。

バン！　バリバリバリバリ！

突然響いた大きな音で、女の顔もその憎しみの気配もなくなり、体に自由が戻りました。

助かった……。

おい！　大丈夫か？

その声に慌てて起き上がると、二人の兄弟子が独鈷杵《どっこしょ》を手に部屋に飛び込んでいたのです。

これは……？

見ると、障子には大きな穴が開いていました。

……………。

おい！　この部屋で一体何があったんだ？　と兄弟子から訊かれたので、今までのことを話しました。


そうだったのか……。

私も兄弟子達に、何があったのかを訊きました。


兄弟子達は私と同じように庭の向こうから聞こえた女の金切り声で飛び起きたものの、自分の部屋の障子がどうしても開かず外に出られなかったそうです。

女の気配がどんどん私の部屋に近づいているのはわかるのに、まるで壁のようにびくともしない障子。

なんとかしなければと、独鈷杵を手に障子の前で読経を始めると、ガタッと鍵が外れたかのような音がしたので、急いで縁側に出たのが二人同時だったそうです。

よし！

二人で顔を見合わせて、私の部屋の障子に手をかけたのですが、これまた壁のようにビクともしない。

叩いても叩いても手に伝わる感触が紙で出来た障子ではなく、まるで漆喰《しっくい》で塗り固められた冷たい土塀そのもの。

このままでは私の命が危ないと二人の兄弟子は部屋の前に座って読経を始めたのですが、全く効果なし。

それで一人の兄弟子が独鈷杵で障子を殴りつけたんです。

穴が開いてもなお動かなかったので壊していくうちに、やっと元の障子に戻って開いたので、私の部屋に飛び込めたということでした。


良かった良かったと喜ぶ三人。

その時、庭のずっと向こうから、

「キ——————」

女の金切り声がか細く……遠ざかるように消えたのです。

子供の頃からの修行中に怖かったと言えるのは、自分が敵《かな》わないと思うモノがやってきたこの一度だけでした。

私を寺に放り込んだ親を心のどこかで恨んでいた気持ちが無かったといえば嘘になりますが、しかし、修行のおかげで死なずに済んだのです。

もし寺に預けられていなければ、きっと高校に上がる前に自宅かどこかで死んでいたでしょう……。

やがてこの出来事は自分独りで修行に打ち込むキッカケとなりました。

もちろん今は親にとても感謝しています。そして、この関係のお仕事を続けさせて頂いております。

本書は書き下ろしです。

木原浩勝（きはら・ひろかつ）

1960年兵庫県生まれ。アニメ制作会社・トップクラフト、スタジオジブリを経て、1990年『新・耳・袋』で作家デビュー。以来、「新耳袋」、「九十九怪談」、「隣之怪」シリーズ、『禁忌楼』など怪談作品を次々発表。怪談トークライブやラジオ番組も好評を博す。
また書籍・ムック本の企画・構成を手がけ、『空想科学読本』、『このアニメがすごい!』、『このマンガがすごい!』、『怪獣VOW』、『怪談四代記　八雲のいたずら』など数多くのヒットを生み出した。

現《うつし》世《よ》怪《かい》談《だん》
招《まね》かざる客《きゃく》

二〇一六年六月一五日　第一刷発行

[著者] 木《き》原《はら》浩《ひろ》勝《かつ》
[発行者] 鈴木 哲
[発行所] 株式会社 講談社
〒112-8001 東京都文京区音羽2-12-21
電話 [編集]03-5395-3506
[販売]03-5395-5817
[業務]03-5395-3615
[本文データ制作] 講談社デジタル製作部
[印刷所] 豊国印刷株式会社
[製本所] 大口製本印刷株式会社

定価はカバーに表示してあります。

ISBN978-4-06-220104-9
N.D.C.913 207p 19cm